Silag/s

Fortschritt

auch

abstraktes

umfassenden

Rest

abzuschaffen

Leuchten

Maßnahme

verharren

seiner

er

einer

hallt

www.schwarzer-flamingo.de

Alexandra Svenja Meyer

Der Unknall

Kurzroman

2. Auflage

Teil des Projektes „Schwarzer Flamingo"

www.schwarzer-flamingo.de

2., überarbeitete Auflage Juni 2022
Veröffentlicht als Teil des Projektes „Schwarzer Flamingo"

Copyright © 2022 by Alexandra Svenja Meyer
(Schwarzer Flamingo)

ISBN 978-3-00-072795-5

eBook: **ISBN 978-3-00-072750-4**

1. Auflage veröffentlicht als
Softcover: ISBN 978-3-00-071318-7

Lass' Sätze sich setzen,
mach' Worte zu Schätzen

Widmung

Gewidmet ist dieses Buch meinem verstorbenen Künstlergroßeltern, dem weimarer Pinselpoeten Sieghard Narr und der von reiner Natur begleiteten Portraitistin und Pflanzenflüstererin Karin Luise Fischer. Ihr Leben bereicherte mich mit neuen Perspektiven und einem belebenden Respekt vor dem kindlichen Verstand, der mir besonders im Alter von sechs bis zwölf Jahren mit vielen künstlerischen Aktivitäten an unterschiedlich auseinandergelebten Stationen ihres einmal geteilten Lebens ausgeschult wurde.

Auch möchte ich eine Widmung für meine herzlich authentische Familie und meine liebevoll kraftspendenden Freunde, Arbeitskollegen und für meinen Partner aussprechen, unter denen besonders Carl und meine Mutter Katharina mir in einer intensiven Korrekturphase für die eBook-Version helfend beistehen konnten.

Eine besondere Widmung gilt den Menschen, die aufgrund psychischer Krankheiten, Verfolgung und sonstiger Belastung diese zerschmetternde Zeit nicht aus eigener Kraft und eigenem Antrieb haben überstehen können.

Vorwort

Da ‚Der Unknall' meine erste Buchveröffentlichung ist, freue ich mich unglaublich darüber, dass du dir die Zeit nimmst, in die folgende Episode einer poetisch reichhaltigen Weltverzerrung einzutauchen. Vorab wünsche ich dir also viel Spaß dabei, in das stürmische Kammerspiel hinabzublicken und dich von einem unaufhaltsam verfrorenen Gedankenstrom mitreißen zu lassen.

Sofern du die Handlung und deren übertragbaren Werte besser abdeuten möchtest, gebe ich dir noch den Tipp, dass du dieses Buch vermutlich mehrmals lesen und auch zwischen den Kapiteln zurückspringst. In dieser Ebene des Lesens wirst du verstehen, dass ich mit diesem Werk über einen stringenten Handlungspfad hinaus erzähle und ein Rätsel für Begeisterte wie dich aufstelle.

Wenn du dich über dein Leseerlebnis austauschen möchtest, freue ich mich sehr über deine Nachricht per Mail oder über das Kontaktformular von Schwarzer Flamingo. Die Kontaktdaten findest du auf den letzten Seiten des Buches und erreichst du auch über den QR-Code des Buchcovers.

Warnung vor
sensiblen Inhalten

Dieses Buch enthält womöglich für einige Leser:innen verstörend verbildlichte Beschreibungen, in denen Drogenmissbrauch, Mord, körperliche und emotionale Gewalt, psychische und unheilbare Krankheiten, ideologische Charakterisierungen und Suizid ausführlich um eine kernkonstante Romantisierung des Leids thematisieren.

Nehme deine Gefühle und die anderer ernst. Solltest du dich selbst in einer schwierigen Lebenslage befinden, dann ist es bereits gut, wenn du dich mit Lesen teilnahmevoll beschäftigst. Am besten tauschst du dich auch über das Gelesene aus, und wenn es nicht *dir* schlecht geht, dann tausche dich mit Menschen aus, bei denen du verdächtigst, sie könnten sich in einer ernsten Lebenslage befinden. Gerade das pandemische Geschehen seit 2020 treibt uns alle weiter auseinander und wird Generationen psychisch noch lange verfolgen, darum sollten wir uns nicht auseinanderleben, aber weiterhin zuhören.

Wenn du also selbst ernstzunehmende Gedanken über Suizid feststellst oder diese bei einem anderen deuten könntest, helfen diese Nummern (+49) allen Beteiligten einer Suizidsituation, ob sie zu passieren droht oder ob sie bereits mit nicht zu unterschätzbarer Wucht in die Hinterbliebenen eingeschlagen hat:

Bundesweites Info-Telefon Depression: **0800 3344533**
Ärztlicher Bereitschaftsdienst: **116 117**
In lebensbedrohlichen Notfällen: 112

Kapitelverzeichnis:
Der Unknall

Widmung

Vorwort

Inhaltswarnung

Kapitel 1:

Schneegestöber in Sichtweite

1

eit aufgerissene Augen bezeugen rasende Blizzards. In Delir verloren, gänzlich unbegreifend, steht der Wanderer auf dem gefrorenen, sich horizontal unendlich eisausgießenden See und zittert sich schwankend auf dessen knirschenden Platte voran. Grundgebend dafür war ganz offenbar das Klima, die auskühlende Umgebung eisozeanischer Weite, einer der lebensfeindlichsten Terrains, die ein Mensch bei lebendigem Verstand ertragen kann. Vielleicht ist es sein Gedankenstrom, der ihm droht, einzufrieren, genau wie sein rechtes Bein.

Er findet viele Wortschöpfungen gegenüber seiner misslichen Lage, doch ebenso karg, wie die Trostlosigkeit, in der er wandern muss, lassen sich wohl seine Sprachbemühungen beschreiben; wenn er bloß noch jemanden in dieser erfrierenden Leere hätte, mit dem er überhaupt ein ernsthaftes Gespräch über diese Einsamkeit hätte führen können.

Scheinbar seelenverlassen humpelt er sich vorsichtig herantastend über das knirschende Eis. Seine einzig realen Begleiter scheinen die Risse in der kalten Kruste zu sein, die seine sorgenschwere Anwesenheit wohl hinterlassen. Anders als seine Überlebensfähigkeiten verlassen ihn seine Schmerzen ganz bewusst nicht. Der Lebensdrang stürmt vermutlich erst noch durch seine müden, frostbedrängten Knochen, wenn der Wanderer unter Zähneknirschen, von seinem Leid wachgehalten, in das tödlich Unbekannte marschiert. Er kann seine Gedanken nun auch in eisigem Stottern undeutlich wahrnehmen.

Fürchtet er sich dabei nicht vor einem Tod in diesem tobenden Eissturm; das Wetter geht genauso vorüber wie das Leben selbst. Doch vielmehr klammert er an seinem Potential, das dem Unbekannten, welches wohl auf ihn wartet, zusammen mit seiner Leiche verloren gehen wird. Sofern er sein Ziel überhaupt jemals erreichen würde. Jede strahlende Schneeflocke, die sich aus der formlosen, weißen Wand drängt, raubt ihm seinen Fokus und er fürchtet, die Richtung zu verlieren.

Unbeholfen starrt er auf den nicht enden wollenden Sturm. Er fühlt sich wie ein Gestrandeter, umgeben von unbelebtem Wasser, doch sucht er bereits seit Tagen nun nach Land, auf dem er zumindest ein Feuer entfachen könne. Der „Grund", über den er sich kraftlos zerrt, wäre deutlich zu instabil, um ein echtes Feuer zu beherbergen und würde umgehend einbrechen, sobald er nur eine kleine Zeit am selben, bereits nach vorsichtigem Schwanken eiskreischenden Fleck verweilte. Kann er dabei nicht einmal sagen, wann und ob er auf einem seichten Gewässer oder über einem Weltmeer voranschreitet; Alles sieht für ihn gleich aus, egal was ihm durch seine im Windgebrüll flackernden Lider in den tiefen Augenhöhlen präsentiert wird, er sieht nichts als ernüchterndes Weiß. Er fühlt sich, als zwingen ihn die Umstände zu einem Todesmarsch, in dem er kein Ende zu finden glaubt, außer sein eigenes.

Er wandert still und einsam, doch verfolgt ihn, dass er seit geraumer Zeit keine feste Nahrung zu sich genommen hatte, nichts Fleischliches, weder Pflanzliches: Er friert nicht nur wegen den Minusgraden, die unglaublicherweise durch seinen angerauten Feldmantel halbwegs abgeschirmt werden; Es zieht sein Gedankenkreisen zu barbarischen Ideen, die ihm vielleicht eine sichere Mahlzeit, aber womöglich auch den eigenen Tod bescheren würden.

Vielleicht wäre es einfacher für ihn, von vornherein aufzu-

geben, und sich mit seinem eisigen Gefängnis, auf dem er
schlürfte, in Stillstand zu messen.

Andererseits wäre es Schicksal, wenn er sein undefinierbares Ziel tatsächlich erreichen könnte – So viele seiner Kameraden mussten bereits durch seine Worte sterben, auf der Suche nach einer Heimat, die er jedem einzelnen versprach.

An seinem tauben, rechten Bein eng angebunden befindet sich eine Büchse, geladen mit Signalfeuermunition. Sie füllt gewiss nicht die kalte Leere, die auch seine Gliedmaßen langsam konsumiert. Dennoch vermittelt sie ihm ein Gefühl von ironisch erheiternder Sicherheit, welche ihm wohl eher im Falle eines Bärenangriffs auf diesem dünnen Eis von Nutzen sein könnte. Das Eis jedoch müsste in seiner brechenden Klang- und Krachkomposition allein schon bei diesem sorgenschweren Gedanken an einen aufschlagend belastenden Kampf verschollen und den frostbeschlagenen Mantelsaum in die unbekannte Tiefe schlucken.

Die Waffe schwingt wie ein Metronom nach jedem Schritt und aktiviert die letzten schmerzenden Nerven in dem erfrorenen Klotz unterhalb seines Knies.
Die Zwangsbeziehung zwischen dem verstorbenen Knochen und seinem intakten Gelenk ist vermutlich die einzige tatkräftige Unterstützung, die ihn vor dem todbringenden Stillstand bewahrt.

Das ausgekühlte Eisen ist nun bei weitem nicht sein kostbarster Besitz; Er kann sich zwar nicht mehr an den Start seiner Reise erinnern oder weshalb es ihn in diese gefrorene Wüste verschlug, doch pflegt er seit seinem Aufbruch einen strammgezogenen Ledergürtel: Der aufgefranste Riemen besitzt genau fünf Laschen, von denen vier mit Leuchtfeuerpatronen besetzt werden. Besonders die freie Lasche kann er sich bis auf jedes kleine Detail in sein verschwommenes Gedächtnis rufen, ohne zu ihr hinunterzusehen. Aber fällt ihm nicht ein, wann er ihren entwendeten Inhalt womöglich selbst einsetzen musste. Auch, wenn er mit der leeren Halterung eher ein unerklärlich schmerzhaftes Gefühl von Verlust verbindet, stellt sein Gürtel, sowie die taktvolle Signalwaffe, ein lebensspendendes Paar der Hoffnung dar.

Nach der endlos erscheinenden Zeit in der weißen Stille, kommt ihm das Wandern wie ein Tauziehen vor, am seidenen Faden zwischen Leben und Tod. Er selbst wandelt also im wahrsten Sinne des Wortes auf dünnem Eis, nicht nur körperlich; Denn auch sein Verstand droht, in der klirrenden Kälte zu zerspringen; Er konnte die Tage zuvor nicht ein Auge zu machen und blieb gezwungen, das Wetter mit jedem Schlürfschritt zu bewachen – Als hätte ihn eine fremde Macht zu einer aushungernden Pilgerreise verdammt, auf der sein eigenes Überleben das einzige Ziel wäre.

Die Reise dabei als etwas Spirituelles oder gar Reinigendes anzusehen, hilft ihm in seiner jetzigen Situation wohl nicht. Zumindest konnte er sich nun von seinem sonst so festen Glauben abwenden, nachdem er wie ein gottverlassener Märtyrer seit zahllosen Tagen über das Wasser lief.

Sein angegriffener Verstand machte sich häufig nicht unlaut bemerkbar und zeigt ihm seit einiger Zeit, neben abartigen Gedanken über Nahrung und Tod, die er sonst nur von Wildtieren kannte, auch sprechende Figuren, die kein gesundgeistiger Mensch in deren Form wahrnehmen sollte. Er konnte ihre Existenz bisher nicht eindeutig als Halluzination erklären, denn möglicherweise handelte es sich ebenfalls um in einen wabernden Eisschleier gehüllte Reisende, die sein Schicksal gleichschmerzsam teilen. Vielleicht sind es auch nur verlorene Seelen, die ihn durch den Sturm geleiten.

Immer wieder versuchen sie ihn wie Silhouetten aus dem

Schneesturm heraus in ihre Richtung zu locken. Er weiß nicht, ob er den Gespinsten vertrauen sollte oder ob er sie blinden Marsches als Wegweiser nutzen kann.

Hinter jeder ihrer wortlos im Sturm verrauschenden Stimmen konnte er einen eigenen Charakter erkennen und mit jedem einzelnen verbindet er andere Erfahrungen und Emotionen, als wären sie ihm vertraut. Er kann in ihnen aber kein bekanntes Gesicht erkennen. Alle haben lediglich eines gemeinsam; sie verstärken den Schmerz, den er mit der leeren Lasche an seinem Gürtel verbindet. Ein paar der stummen Schreie schaffen es durch den Eiswind; Die Stimmen klagen den umzingelten Wanderer seit Tagen für Folter und Waffenmissbrauch an. Er erfährt jedoch nie, weshalb die Figuren ebenfalls so sensibel auf den Verlust der Leuchtfackel reagieren, weshalb ebendiese verschwunden ist und wie er daran beteiligt sein konnte. Sie trauern, als würden die Pyrokörper unersetzbare Seelen inne halten.

Ihm selbst kommt es mit zunehmender, vielleicht auch wahnhafter Überzeugung so vor, als würde die eine Richtung, aus der wohl sonst eine Stimme zu ihm flüchten könnte, immer still bleiben. Er meint auch, aus ebendieser Richtung vage, fernwandernde Umrisse einer Frau wahrnehmen zu können. Als wären die formlosen Charaktere an die Leuchtstäbe gebunden; Sie verstummen, sobald das Feuer die Hülle eines Signalkörpers verlassen hat. Dadurch wären sie zumindest genauso verdammt wie er, der in der trostlosen Kälte im Ungewissen herumzustreifen muss.

Es ist also verständlich, dass er den Zorn seiner über die Situation brütenden Gedankenwelt nicht unnötig provoziert, nur um eine Signalfackel im undurchsichtigen Sturm zu opfern. Auch wenn es dunkel wird, würde er wohl sowieso kein Land in der nächsten Zeit finden, zu dem ihn nur das schwache Licht eines am Himmel gleißenden Leuchtstabs führen könnte. Er

möchte sich aber auch nicht entscheiden müssen, den Gürtel aus
Angst hinter sich zu lassen, da die Fremden ein Teil von ihm
und seiner Reise darstellen und er ihre Stimmen möglicherweise
noch gebrauchen könnte – so ungeheuer ihm deren mahnendes
Gebrüll erscheint. Vielleicht würden sich die Figuren für seinen
Fackel-Chauffeurdienst erkenntlich zeigen und er dürfte wohl
doch ein Leuchtmittel in einer unvermeidbaren Situation ver-
wenden.

Er hatte zumindest die Hoffnung, dass die Besitzer der
Stimmen wohl tatsächlich existent und menschlich sind. Vielleicht handelt es sich nicht nur um Albtraumgespenster, die sein
kapitulierender Verstand erzeugt, um seinen Körper in Gnade zu
zwingen, damit er seine wohlverdiente Ruhe im Eis finden
könnte. Denn wenn er eigentlich nur die panische Ausgeburt
seines einfrierenden Hirns wahrnehmen würde, könnte er sich
sicher sein, dass ihm lediglich die Stimme seines Todes zuflüs-
tert.
Egal, ob die vom Sturm bedeckte Gesellschaft nun existiert, sie
hetzt den kraftlosen Mann entweder durch das Kolosseum tod-
lüsternder Kälte, bis er nachgibt, oder sie wird ihn zielverspre-
chend durch diese unwegsame Reise führen.

Vielleicht kennen die Stimmen, im Gegensatz zu ihm, das
Land um den gefrorenen Ozean und das wahre Ziel seines unrealen Wegs. Zumindest würde er wohl nie erfahren, was es mit
den Figuren im Schneesturm auf sich hat, wenn er ihren heißge-
liebten Gürtel einfach im Eis untergehen lassen würde.

Ob sie nun real oder fiktiv sind, nicht jede Stimme gibt ihm das
Gefühl, ein Wirt für einen ungebetenen Gast sein zu müssen.
Eine der Figuren scheint sogar ein recht aufgewecktes und ange-
nehmes Stimmwerk zu haben, denn täglich erzählt sie dem
Mann bewegende Geschichten aus einem Kinderleben, auch

wenn sie oft etwas niedergeschlagen klingen.

Da er vermutet, dass die Stimme zu einem kleinen Jungen gehört, beschreibt er ihren Charakter mit dem Namen „Silas". Er hatte diesen Namen in einer ihm fremd vorkommenden Erinnerung einem großgerahmten Buch entnommen und in der Namensgebung fühlte er sich dieser unter vielen existenzverflüchtigenden Erinnerungen verpflichtet, die wenigen hinterbliebenen, vergesterten Gedanken zu schützen. Er glaubt sogar, einmal eine winzige Hand gesehen zu haben, die aus der Richtung der Stimme nach seinem Mantel griff.

Das Einzige, was ihn dabei wirklich ununterbrochen und merklich berührt, war der Schmerz, den die peitschenden Kristallflocken an seinem Gesicht hinterlassen. Es scheint so, als hätte er sich für den Weg mit seiner stattlichen Soldatenausrüstung geschützt, aber das Klima bei der Wahl realistischer Kleidung außer Acht gelassen – wie eine Paradeuniform im Schützengraben, nur dass er mit seiner echten Kluft direkt aus diesem gekrochen sein musste, dem gefrorenen Schlamm an seinen Stiefeln nach zu deuten; nur wenige Stellen seines Körpers werden nicht durch seine Klamotten bedeckt, jedoch schützen das dünne vergilbte Leinenhemd, eine etwas dickere graue, ausgefranste Stoffhose und die abgenutzten Knobelbecher wohl kaum vor der auszehrenden Temperatur. Auch nicht, wenn sich die kreative Wettermode unter einem langen feldgrauen Waffenrock und einem dunklen Mantel vor der Kälte versteckt. Weder die Abzeichen an der Schulterklappe noch die Litzen an der Innenseite des aufgestellten Kragens, konnten ihm bei seiner Reise einen Gefallen tun. Genau wie der Rest seiner Wanderausrüstung, sind sie wohl nur stumme Begleiter aus vergessenen Zeiten, die ihm aktuell keinen Zutritt in einen geschützten Raum ermöglichen. Sie waren die hochangesehenen Gäste in seinem Leben, die ihm früher wohl einen komfortablen Alltag ermöglichten. Doch hier draußen in der Kälte wird ihn kein Dokument aus Papier, kein gestreiftes, dünnes Stofftuch und keine Formalität auch nur vor einer einzigen Gefahr abwenden, die ihm den sicheren Tod bringen würde.

Kapitel 2:

Schwarz glüht der Wind

Zu formalen Zeiten wäre es wohl eine Sünde gewesen, sein Gesicht hinter einem gedeihenden, tief verankerten Vollbart zu verstecken. Hier draußen ist er viel eher ein natürlicher Schutz. Eine Möglichkeit zum Rasieren hat er selbstredend, in Abwesenheit eines Funken Bartswärme und im scharfen Windgeflüster kristallsteifer Härchen, sowieso nicht. Dabei liegt ihm das eisverkrustete Gestrüpp schwer über den Lippen, genau wie die abgedeckte, spitze Metallhaube.

Jeder Atemzug durch den haarigen Naturfilter schmerzt und seine Lunge fühlt sich an wie ein Blasebalg, der winterlich vor einem ewig erloschenen Feuer vergessen wurde. Sein Atem fühlte sich nicht menschlich an; Die Brust unter dem grauen Waffenrock bewegt sich wie eine Maschine auf und ab und doch spürt er den brennenden Schmerz in diesem kalten Automatismus. Sein Schritt gleicht sich zunehmend an den Takt seines Büchsenmetronoms an und die Bewegungen des Wanderers werden immer routinierter, vielleicht auch disziplinierter; Seine einverleibte Anpassungsfähigkeit darf sich wohl endlich auszahlen und würde sich durch diese Reise nur noch stärker ausprägen. Vielleicht hatte er sein altes Leben bereits vergessen, aber verloren ist gewiss nichts, solange er es mit arger Kraft noch aufrecht in Bewegung schafft. Alles, was ihm jetzt durch diese Strecke verhilft, hat einen Ursprung und wurde ihm durch andere Menschen vermacht. Allein diese Kameraden gedanklich wiederzufinden, entpuppt sich als hirndurchströmendes Lebenserhaltungselexir und verhilft ihm, sich vom beißenden Frost abzulenken.

Auch wenn sich seine Routine stetig festigt, fürchtet er sich schleichend davor, weitere elementare Kompetenzen und Erfahrungen aus seinem alten Leben zu verlieren. Er kann sich aktuell nicht einmal erinnern, welche Ländergrenzen er nun zuletzt überqueren musste. Sobald er versucht seine Heimat gedanklich aufzubauen, zeigt ihm sein inneres Auge schemenhaft Bilder von imposanten Statuen, steingemauerten Bauten und zeremoniellen Paraden, die er nicht ganz zuordnen kann. Die Schatten im Schnee visionieren in ihrem lautflüsterndem Gebrüll von vereinten Nationen, in denen farbige Mädchen mit weißen Jungen freudig Hand in Hand die Schule besuchen. Die Stimmen berichten jedoch auch von einem furchtbaren Leben im ständigen Wandel: Technischer Fortschritt wird dem Volk freiheitsverpflichtend aufgezwungen, die Bevölkerung erstickt vor lauter Frieden und Gerechtigkeit – seine geliebte Heimat hat nicht nur ihr Territorium aufgeben müssen, auch ihre Flagge wurde in ein abstraktes Farbspiel verwandelt; das stolze Weiß wurde von der umfassenden Schwarz-Rot-Begleitung niedergestreckt und als entweihtes Signalgelb an den letzten Rest des Ehrenmusters angefügt. Trotz der einfliegenden, inneren Erzählungen kann er keine dieser Phrasen mit seiner Realität verknüpfen.

Das frostige Weiß abzuschaffen, welches ihn aktuell wie einen wasserscheuen Kater in einer spiegelglatten Wanne gefangen hält, wäre hingegen eine durchaus angenehmere Maßnahme. Doch müsse diese wohl eher in einem wärmenden Gedankenspiel verharren.

Gerade, als er aus seiner Gedankenreise zurückkehrt, kann er erneut unscharf die Umrisse einer jungen Frau wahrnehmen. Sie steht in der stillen Ecke, aus der wie sonst auch keine Stimme hallt. Er meint ein sanftes, rotes Leuchten im Unterleib der schneeverzerrten Figur zu erkennen. Farbiger Rauch schießt aus dem flackernden Rotlicht und sinkt wie tropfendes Blut an ihren Beinen ab. Er glaubt, zu halluzinieren und reibt sich die Augen. Er petzt seine Lider zusammen, entreißt sie wieder den eisvergitterten Wimpern und doch kann der Bärtige nicht sagen, ob er in der farblosen Monotonie bereits wahnsinnig geworden ist oder ob sich seine schmerzhaft überreizten Augen in einem vielleicht ganz natürlichen Lichtspiel färben; Er glaubt, dass die Sonne womöglich bald untergeht und den Sturm gerade mit rotem Schimmer durchzieht. Es war bereits unüblich lange hell, sodass der Wanderer es schwer hat, den nächsten Nachtwechsel zu bestimmen.

Seine Schlussfolgerung wird umgehend entmachtet, als ein unmenschliches Schreien aus der Richtung der erleuchteten Silhouette entspringt und die Figur in tosenden Flammen verschwindet; Es kann sich unmöglich um ein Naturphänomen handeln, er muss den Verstand verlieren. Geschockt und panisch stolpert er weiter. Die vertrockneten Lippen unter dem starren Bart möchten in angsterfülltes Schreien aufbrechen, doch fehlt dem fliehenden Mann jegliche Kraft, um auch nur ein Laut von sich zu geben. Seine Kehle ist nicht in der Lage, sich aus ihrer kratzenden Dürre zu erheben. Wie kann es also sein, dass die Stimmen so oft mit ihm kommunizieren? Schließlich sind sie anscheinend an seinen Irrweg gebunden und ihr Körper sollte sich allmählich auch in einen Haufen Elend verwandeln. Ihre unberührten Stimmen klagen, trauern und erzählen stumm, doch eisreißerisch klangvoll wie am ersten Tag.
Gerade als er sich sorgt, seine Richtung zu verlieren, taut ein bekanntes kleines Stimmchen vor ihm auf und fragt, ob er Angst in der Dunkelheit hätte.

Vor lauter Konfusion hält er beinahe an. Unterbewusst schüttelt er seinen Kopf.

Eine kleine Hand reckt sich im Schneesturm und der Arm

der Figur kreist zaghaft, aber vom Wind scheinbar angesteuert, bewusst wie ein Wetterhahn in eine Richtung.

Der Erwachsene zweifelt nicht an der Gutmütigkeit seines kindlichen Helfers und bedankt sich mit einem stürmischen Nicken für die Wegweisung. Er zieht holprig, aber zügig an den kleinen verschneiten Umrissen vorbei und lässt einen Teil seiner Furcht hinter sich im einbrechenden Eis zurück.

Silas besitzt wohl die einzige Hand, die das Vertrauen des Mannes blind überstrahlt. Anders als das Fuchteln der übrigen Figuren zeigen sich die Kinderhände scheinbar nur, um den Mantelträger wirklich zu unterstützen.

Auch wenn sich jede einzigartige Emotion tief in seinem inneren verkriecht, wird dem Fackelträger immer wieder warm um sein angestrengtes Herz, wenn der Junge ihn für ein paar Momente besucht.

Die anderen Figuren zeigen sich nun auch sichtbar und schreiten näher an den Wanderer heran. Kurz bevor er glaubt, ihre Gesichter erkennen zu können, bleiben sie stehen und starren den lahmen Reisenden stumm an. Wie Marmorsäulen, die einen prunkvollen Gang ausschmücken, ordnen sich die schmalen Charaktere um ihn. Im Gegensatz zu vorigen Situationen, in denen die Silhouetten sich ihm in einer ähnlichen Choreografie präsentiert haben, strecken sie nun keine Hand nach ihm; Üblicherweise zeigen sie dem Reisenden eine einstimmige Geste.

Außerdem kann er dieses Mal eine weitere, dunklere Figur in der Ferne erkennen, die mit ausgestreckten Armen auf ihn zu warten scheint. Er hat diese Kontur bisher noch nie gesehen. Provokant steht sie ihm in sicherer Distanz gegenüber. Hat es ein Charakter nun auch auf seine Signalbüchse abgesehen?

Die Umrisse schmälern sich und er kann gerade so erkennen, dass die Figur ihre Hände zu einem Trichter um ihren

Mund legt. In kurzen Abständen zuckt ihr Körper ruckartig zusammen, als würde das unbekannte Geschöpf angestrengt nach ihm rufen. Der zottelige Mantelträger hört jedoch keine Stimme, die aus dieser Richtung kommen müsste. Sein Voranschreiten wird etwas zögerlich, da die Situation ihn mit immer stärker werdendem Misstrauen erfüllt.

Es scheint etwas unbehaglich zu sein, diesen ungewohnten Kontrast aus tiefem Schwarz und reinem Weiß vor sich zu sehen. Wieder würde er am liebsten schreien, um die Restenergie, die ihn noch am Leben erhält, auf einen Schlag zu verbrauchen, seinen Frieden zu finden, in dem Wissen, jeden Funken Energie ausgelebt und ausgereizt zu haben.

So denkt er, spätestens sein scheinbar sinnloser Drang nach Lebenserhaltung würde ihm vermutlich sowieso den Tod bringen. Allein der Drang zehrt an ihm; sich zu motivieren, etwas in positive Gedanken zu fassen, wenn man sonst nichts mehr kann, greift nach weitaus mehr Energie als ein Tagesmarsch.

Die schwarze Gestalt sackt unerwartet wie ein Haufen Asche zusammen und landet schwer auf der eisigen Oberfläche. Das Eis nimmt dort scheinbar keine Risse! Ist es also an dieser Stelle fest genug, um einen kurzen Moment Rast zu nehmen? Der Bärtige rauft sich zusammen und eine fast schon verloren geglaubte Hoffnung macht sich unter seiner Pickelhaube breit. Er humpelt immer schneller auf die Gestalt zu. Er beginnt zu rennen und spürt, wie der eisige Wind versucht, ihn auszubremsen, ihm sein halbtotes Bein zu entreißen, als wäre es ein Staffelstab. Kurz bevor er noch die Umrisse der schwarz gekleideten Person wahrnimmt, schmeißt er sich in ihre Richtung, kriecht erleichtert auf sie zu und sackt über ihr zusammen. Sie ist schmeichelnd warm und er überlegt, für einen Moment bei ihr zu verweilen. Vielleicht wäre es sogar sinnvoll, diesen Menschen zu retten. Schließlich wollte die Gestalt ihm scheinbar etwas mitteilen, was der Sturm leider verschluckte. Aber mit der ohnehin schon ausgereizten Restenergie ein weiteres Kreuz eines Totgewollten zu tragen?

Als er sich wieder etwas aufrichtet, merkt er, wie sehr seine Beine schmerzen. Die Büchse unterhalb seines Knies sticht fürchterlich in sein eisvermuskeltes Kniegelenk und er zieht die Binde, an der das verfrorene Feuereisen befestigt ist, noch fester zu. Er vermutet, seine Fleischstelze bald schon zu verlieren, zumindest sprechen die blau an den Löchern seiner Hose hervorlinsenden Furchen unterhalb des Knies dafür. Er muss derart fest beim Ziehen auf seine Zähne beißen, dass einer seiner Kronen zerspringt und das hinterbliebene Loch direkt durch einen frostigen Hauch schmerzhaft gefüllt wird. Erst jetzt bemerkt er, dass die dunkle Gestalt am Boden eine Gasmaske und schwere, wetterfeste Bekleidung trägt. Aus Neugierde zieht er ihre Maske ein wenig vom Gesicht ab.

Schon lange nicht mehr durfte er ein echtes menschliches Antlitz betrachten. Auch wenn es vielleicht etwas ironisch für seine Situation klingt, er findet es *erfrischend*, ein Rätsel und zwei eisverschonte Augenpaare zu lüften. Nur sollte er darauf achten, der verwundeten Person keinen Gefrierbrand anzumuten, wenn sie ihr Gesicht bewusst vor der Kälte mit dem eng anschließenden Atemapparat zu schützen versucht.

Während seine Pranken die Maske absetzen, fällt schwarzes Haar und helle Haut schimmert zwischen den dichten Strähnen. Zuvor von etwas Unsicherheit geplagt, entschließt er sich nun, die Maskierte gänzlich zu enttarnen und entdeckt eine junge, stark geschminkte Frau vor sich. Blass wie die einer Toten, setzt sich ihre Haut im Vergleich zu ihrem roten Lippenstift ab. Das fast kraftlose Herz unter dem Waffenrock des alten Soldaten schlägt fest gegen seine Brust. Er möchte die Dame retten und alles über ihre Reise und ihre Herkunft erfahren. Würde sie dem

Gefriertod auf seinen Schulter erliegen, bestünde seine Aufgabe darin, seine Menschlichkeit wiederherzustellen und ihre Bestattung vorzubereiten. Auch wenn ihr Sarg eine Tonne wiegen müsste, sein Holz hätte eine ganz besondere Gravur. Sie verspricht dem frostverlangweiltem Verstand eine mysteriöse Herausforderung, deren Ausgang er niemals entschlüsseln könnte, wenn er sie so liegen ließe. Nicht einmal ihr Gesicht im Detail kann der Verschneite hinter seinen schmerzverkniffenen Augen zwischen den starken Farbakzenten entmustern. Gehörte sie einer Kompanie an? Weshalb ziert sich eine Frau in Uniform? Auch ihr Geruch ist ihm völlig fremd; Er glaubt, dass der frische Geruch von Senf oder Knoblauch an ihr haftet. Doch so tief er ihre großen Taschen an der schweren Uniform durchsucht, er findet keine Nahrung und auch kein Fläschchen Gewürz oder etwas ähnlich Oderndes, das bei ihrem Sturz hätte zerbrechen können. Lediglich ein klobiger Schlüssel hängt der jungen Frau um den Hals; aus einer schwarzen, ledrigen Fassung mit eingekerbten Knöpfen entspringt ein kunstvoller silbriger Stab. Noch nie in seinem Leben hat er ein Schloss gesehen, das zu der Präzisionsarbeit passen könnte, die den Hals der Dame schmückt. Die Knöpfe bilden womöglich Runen oder Zeichen ab, die einer Art heidnischen Götzenschaft treu tun.

Ehe er sein Theoriegespinne fortsetzen kann, beginnt das Eis, unter den Sohlen seiner Knobelbecher zu knirschen und schnell bereut er seine Entscheidung, sich auf seinen frostigen Tod gestürzt zu haben.

Kapitel 3:

Rotes Kreuz am Strand

ieses Geräusch des um seine Füße klirrend einbrechenden Eises tobt wie der Hagel eines Erschießungskommandos in seinen Ohren. Für einen kurzen Moment kann er sogar das Sausen des Sturms vergessen, welches seine Ohrmuscheln sonst unweigerlich befällt. So laut schmerzt der Riss, der sich unter ihm bemerkbar macht. Vorsichtig beugt er sich wieder zu der Frau und versucht, sie langsam aufzunehmen, mit ruhigen Bewegungen, um schlimmeres Gebrechen an ihr oder ihm selbst zu verhindern. Er muss in diesem Moment ein Ziel erkennen, das größer ist als sein von Selbstmitleid getriebenes Wandern. Der lebendige Schatz, den er dank Silas bergen wird, ist möglicherweise der entscheidende Schlüssel für den Erfolg seiner Reise und alles, was danach geschieht. Das Mädchen mit ihren Geheimnissen stellt sogar sehr sicher einen wichtigen Fund dar, wenn man die Reaktionen der weißen Figuren bewertet, die plötzlich mit emporgeschmissenen Armen wild um ihn rennen. Erst teilte sich ihm der kleine Junge auf eine seltsame Art mit, gibt ihm eine unverständliche Botschaft, die ihn zu einem noch größeren Mysterium führte; ein Stimmchen fragt ihn vor kurzem noch, ob sich der vermantelte Wanderer vor der Dunkelheit fürchtete und kurzerhand leitete Silas ihn zu einer schwarzhaarigen Unbekannten. Ist es Schicksal, dass der Mann die Frau in der Phase der absolut eisigsten Einsamkeit findet? Schicksal oder schlicht Wahnsinn? Er weiß doch nicht einmal, ob er sich seine schemenhaften Begleiter nur einbildet oder ob sie ihm tatsächlich treu beistehen. Wie also kann er einem höheren Plan trauen, wenn er sich selbst und seiner Reise kein Vertrauen gönnt? Seinen Verstand dem eisverwirbelten Chaos aufzugeben, ist in Anbetracht der existenzverschleppenden Konsequenzen auch keine Option. Denn alles, was er hinter sich lässt, wird einen traurigen Kältetod sterben und von keiner Seele nimmermehr vernommen. Als leere Hülle also umzubrechen und wie ein toter Stumpf ewig im Eis zu konservieren, dazu hat er noch zu viel disziplinierten Stolz. Lieber fällt er für einen Krieg und wenn er ihn mit sich selbst ausfechten muss.

Mit Teilen seiner letzten Kraft hilft er sich hoch, die Frau geschultert.

Während er sich mit mehrmaligen Anläufen vorsichtig hochzuhieven versucht, stützen ihn scheinbar die kalten Hände seines stürmenden Geleits. Die Silhouetten schwanken dicht an ihm, er kann ihren erfrorenen Atem an seinen Lippen spüren. Vielleicht sollte er sich in diesem Moment auf ihre Kraft verlassen, doch skeptisch und mit großer Angst erfüllt, neigt er sich zu einem der verschneiten Gesichter, um sich ein Bild von ihnen zu machen. Seine gefletschten Zähne mahlen den Schmerz und mit jedem Knirschen presst er seine verkniffenen Augen tiefer im Seitenblick in die Ecke ihrer Höhlen, bis er für den Bruchteil einer Sekunde ein Gesicht sehen würde, um dem weißen Geschöpf eine Charakterisierung zuweisen zu können.

Doch was er in diesem Augenblick sieht, gleicht einer unausmalbaren Form aus Leid, die sich durch eine verstürmte Fratze zieht.

Als hätte er es kommen sehen, bricht sein linkes Bein in die beißende Flüssigkeit ein. Er schmeißt seinen Kopf in den Nacken und ein Schrei reißt seinen Mund auf, sodass die bereits verfrorenen Lippen blutig auseinanderreißend brechen. Wieder entflieht ihm kein Ton aus seiner Lunge, die sich nach einem kräftigen Zug mit schmerzhaft kalten Gas-Eis-Gemisch füllt.

Vorsichtig zieht er sein Bein aus dem flüssigen Tod. Mit unelegantem Ausheben der tauben Froststelze möge ihn nun auch sein bisher gesund gebliebenes Bein verlassen. Er steht seinem Ende Angesicht zu Angesicht. War es also doch eine böswillige Absicht, den Mann in die „Dunkelheit" zu führen? War es genau das, was der Junge ihm damit sagen wollte? Hatte sich Silas sein Vertrauen erkämpft, um den Mann zu vernichten? Oder ist es nur sein Verstand, der bitterlichst um die letzte Gnade fleht und seinen inneren Todesengel als hoffnungsbringendes Kind halluzinierte?

Fast hoffnungslos in die Unsterblichkeit seiner lebensbeweisenden Schmerzgedanken verliebt, humpelt er wie auf gebrochenen Beinen durch die erfrorene Tundra. Als würde ihn nun auch die Schwerkraft böswillig in sein Verderben pressen wollen, macht sich das Gewicht der zarten Schwarzhaarigen wie Panzerstahl bemerkbar. Wie eine Kurbel, die den Wurfarm eines Katapults bis zum Zerbersten einspannt, zwingt der leblose Körper den Mann schmerzhaft in die Knie. Das Knacken seiner Gelenke übertrifft das Knirschen des Eises in seinen Ohren bei Weitem. Das Geräusch selbst löst mehr Schmerz in seinem zitternden Verstand aus, als die tauben Nerven in seinen Gliedmaßen noch wahrnehmen könnten. Er meint, immer wieder aus dem Riss ein laut schallendes Echo in der tosenden Stille des Schneesturms hören zu können. Um seinen Stand zu stabilisieren, wirft er die Frau mit großen Teilen seiner Restenergie in seinen Nacken und schlägt einen neuen Gang ein, wankend auf seinen wankend zerbrechlichen Hosenhalmen. Er weiß jetzt, dass es wohl unmöglich sein wird, die zaghafte Vorstellung eines sturmfreien Ufers in Form und Farbe mit allen Sinnen wahrnehmen zu dürfen. Er kann in diesem Gedanken nicht sagen, ob sein gefrorener Verstand es ihm überhaupt jemals wieder erlauben würde, einen seiner Sinne für etwas so Belangloses einzusetzen. Denn auch der Körper, in dem ein letzter Funke Gespür haust, baut nicht nur Masse, sondern auch seinen Willen ab. Er spürt, wie die abgetragenen Restbestände seiner Muskelmasse durch seine Blutbahn deportiert werden, damit die Fabrik aus Haut und Knochen sich einsatzfähig über Wasser hält.

Zeit war für ihn schon lange kein Begriff mehr; Stunden verrannten sich im Sturm wie Sekunden. Doch die Sekunden, in denen seine blanken Füße durch die durchgelaufenen Knobelbechersohlen am Eis blitzten, hängen ihm mit kaltschauderndem Erinnerungsschmerz wie Jahre an. Dass seine Misere ihm die Wahrnehmung vernebelt, damit hat er sich bereits abgefunden. Dass er vielleicht niemals Frieden in der endlosen Leere fände, nagt an ihm, doch dieser beißende Schmerz gibt ihm Kraft, die Dame vor schlimmerem Leid zu bewahren, als er es selbst ertragen könnte. Während verschneite Vorstellungen ihm den Weg durch den Sturm erflüstern, meint er, manche Schneeböen wiederzuerkennen, vielleicht gar das Muster ihres tödlichen Flockenstrudels verinnerlicht zu haben; einer zum Beispiel schwingt mit einem großen Radius, doppelt im Maß wie ein anderer, aber jeder von ihnen zeigt seinen eigenen Flockenfilm, der in Endlosschleife über tosende Rollen jagt. Kommen ihm die Wirbel ungeheuer vertraut vor, als hätten sie ihn bereits umkreist. War er bereits hier, oder verfolgen ihn die Strudel wie seine vier weißen Geleiter? Entspringen diese Geschöpfe womöglich den säulenden Stürmen? Nachdem er sich soeben neben der Liegenden das Äußere einer der weißen Kreaturen für einen Augenblick nun unvergesslich machte, meint er, es würde deren Wesen entsprechen, wenn sie dem Chaos der Strudel entsandt wären. Namenlos assoziiert er das Gesicht der Figur mit einem weißtobend waberndem Gebilde und einer ungefähren menschlichen Gesichtskontur. Durch den Schneesturm stach ein tiefer Blick, ohne dass der Wanderer hätte Augen direkt erkennen können. Das Antlitz war schwer zu erkennen, aber die befremdlichen Umrisse brannten sich durch das stürmende Flugeis in den Zottelkopf ein.

Als würde ein Wicht über dem Sturm sitzen und die Strudel kurbeln, bohrt sich auch ihr Getose in seinen Verstand.

Doch so heftig es rauscht, ihren wahren Kern vernimmt er diesen wirbelnden Riesen; Hinter ihrer Fassade versteckt sich ein Sturmauge, mit dem der Wanderer nur selten einen Blicktausch fängt, aber ein einzelner schon schenkt ihm einen Moment Ruhe. Denn dadurch weiß er, dass es noch etwas anderes in dieser tosenden Leere geben muss, einen wahren Kern, in dem er Rast finden kann, so wie es die Luft im Inneren eines Wirbelsturms schafft.

Ganz in Instinkten aufgelöst stiefelt er nun mit seinem Gepäck über die Eiskruste. Von der geschulterten Frau scheint eine gewisse Wärme auszustrahlen, ein unergründbares Gefühl verzaubert seine Beine. Er hat neuen Mut gefasst, just als die Sturmdecke des Gestöbers gewaltsam auf ihn einzubrechen versucht.

Die tosenden Sturmwellen ebben zum ersten Mal seit langem etwas ab, die Schneesäulen weichen wie stürzende Stämme von ihm und auch der Himmel klart in einem Quäntchen Wolkenschimmer auf. In diesem Moment schießt ein gleißender Strom aus Licht ins Blinde seiner Augen. Es brennt fürchterlich; die Dame rutscht fast von seiner Schulter, als er sich erschrickt vor der Helligkeit windet. Doch mit geschultem Reflex nackensattelt er sich den leblosen Körper wieder auf. Schneller als seine Füße über die Eisfläche rutschen, knirschen seine Zähne aufeinander. Gewaltsam brechen sich mindestens drei seiner vereisten Wurzeln aus dem Kiefer, während er die Frau wieder in seinen Nacken zerrt.

Mit geschlossenen Augen lässt sich die Kälte nicht besser ertragen, denn sein Gespür kehrt zurück, als seine Lider die verbrannte Netzhaut vor den Lichtsalven zu beschützen versuchen. Sein Gehör zieht wieder in seine Ohrmuscheln ein und er vernimmt klirrende Perlen, die sich aus seinem vorbeiziehenden Atem bilden. Sein Verstand wandert an fremde Ufer, an denen er sich schemenhaft mit einem Mädchen am Strand sieht, er trägt sie auf seinen Schultern, ihre kleinen Arme hält er wie Zügel fest umschlossen in seinen Pranken. Ein warmes Stimmchen spielt zart mit fühlerhaft tippenden Fingern an seinem rasierten Kinn und kichert ihm den Weg voraus; sie sind auf der Suche nach Schätzen am Strand. Für einen Moment durchzieht das tropische Bild ihn mit feuriger Wärme, fast schon schmerzhaft taut es seine Brust auf, doch dann fällt die Kleine von seinem Rücken. Sein Körper schnellt um, der Sand um seine nackten Füße verbrennt dabei im seichten Wasser, das die beiden umspült, und anschwemmende Glassplitter reißen ihm die nackten Sohlen auf. Die Kleine liegt regungslos am Boden, Blut rinnt aus ihren Augen und verläuft über ihre blassen Wangen, ihre Arme sind vom Glas aufgeschürft, das sich bei ihrem Fall um sie gebildet hat. Er erschrickt, sein Blick hastet auf den Ozean, der vom Horizont aus rasend zufriert. Ein ohrenbetäubender Schlag wirbelt ihn weg von der kleinen Puppe, scheint als schwerbrechendes Objekt gegen seinen Unterkörper zu schießen und zerfetzt ihm sein linkes Bein. Gerade als er seine Hand aus dem Sandmeer ziehen möchte, hat ihn die Eisfront des Ozeans erreicht und fällt über ihn ein. Ein Pfeil aus Kälte und Schmerz übermannt ihn, greift nach seinem Arm und zerrt den Gebrochenen von der Kleinen. Bereits nach kurzer Zeit hat sich ein Eiskokon um ihren Körper gebildet, der sie langsam in den gefrorenen Sand treibt. Stundenlang verfolgt sein Blick das schleichende Absinken des Mädchens, sein ganzer Körper starrt im Eis und er ist gezwungen, jede Sekunde dieser Tragödie zu durchleben. Der Frost verwandelt den Strandwanderer in eine Statue, an der ihre

Zeit vorbeizieht, das Eis schlägt ihn in einen Bann. Mit jeder Träne, die über sein Gesicht friert, bildet sich eine dichtere Eiskruste auf seiner Haut, bis sie sein Augenlicht erreicht und ihm die Sicht auf die Kleine verschwimmt, von der nur noch eine gläserne Hand aus dem erstarrten Sandmeer zu greifen scheint.

Kapitel 4:

Mit tauchenden Augen

4

As ihm die Lider fast schon zusammenfrieren, reißt er die Augen unter schwerem Atem auf. Da sich der Grund, auf dem er zuvor schwankte, vor seinem Blickfeld zu verstecken scheint und dennoch tobendes Weiß über seinen Kopf einbricht, kann das nur bedeuten, dass er irgendwie auf dem Rücken gelandet sein muss. Panisch richtet er sich aus einer tiefen Schneekuhle auf. Direkt neben ihm macht er eine weitere verschneite Wanne aus, die unter einer dichten Puderschicht gerade noch so die Umrisse der Schwarzhaarigen zu erkennen gibt. Beim Vergleichen mit ihrer seichten Vertiefung – sie erinnerte ihn etwas an die verschneiten Spuren von Rehkitzen – und dem Krater, den er mit seinem schweren Mantel in den Boden walzte, stellt er fest, er hatte wohl mindestens ein paar Stunden länger im Schnee verschlafen. Ihm wird noch nicht ganz eindeutig, was geschieht, wohin er die Frau verloren hat. Und warum um alles bricht er nicht ein? In seinem Gedankenstrudel verloren, musste er einen Weg genommen haben, den er bei vollem Bewusstsein wohl nie eingeschlagen hätte.

Zum ersten Mal, seit dem leidschöpferischen Beginn seiner Reise, hat er einen ruhigen Fuß gefasst. Er überlegt für einen Moment sogar, das vereiste Eisen von seinem Bein zu klopfen und Rast zu nehmen. Doch als hätte er auf seiner Wanderung mit jedem weiteren Schritt den Schmerz hinter ihm aufgespannt, peitscht ein losgelöster Hagel aus Frostbissen durch seinen gesamten Körper. Gerade noch erwacht, stürzt er wieder in seine Kuhle und droht, vom Schneefall versargt zu werden. Würde das Mädchen für ihren Retter wiederkehren? Vielleicht müsste er auch endlich sein unvermeidliches Schicksal akzeptieren.

Im Aufprall dieser letzten Hoffnungsbefürchtungen, verschwimmt seine Wahrnehmung im Gedankenmosaik der klirrenden Kälte und wirft ihn ohnmächtig in seine Wanne, die Arme frostgefährdet weit von seiner warmen Mitte entfernt.

Er erwacht erneut, sein Nacken hechtet auf, während seine Gedanken zu auftauen beginnen. Der Bärtige ist gerade noch damit beschäftigt, stumm und regungslos den kurzen Winterschlaf zu verdauen, da springt sein Blick und verkrampft ungläubig, als er die Schneewanne seiner geflohenen Begleiterin kaum noch unter einer dicken Puderschicht erkennt. Mittlerweile hat sich um seine eigene eine dicke Eismauer aufgewallt, sodass er sich mit einem leichten, aber bitterlich schmerzenden Ruck aus dem eisigen Sarg befreit. Seine Miene bannt sich in der stürmischen Säulenfront aus Eiswirbeln, die sich während seiner Ohnmacht vor seinem Blickfeld aufgebaut haben musste und nun mit jeder Sekunde dünner auszukegeln scheint. Bedrohliches, aber gequältes Pfeifen, wie ein mit Peitschen trainierter Kampfhund hinter einem Drahtzaun, zürnte ihm entgegen und eine unüberschreitbare Geisterwand trennt ihn und seine auskreiselnden Verfolger. Er bemüht sich, schnell aufzustehen; ganz traut er der stürmischen Frostformation nicht. Doch seine Arme lagen zu lang unter der Eisschicht begraben, sodass ihr Gewebe gewiss mit Frostbissen übersäht zu sterben beginnt. Noch kann er seine Finger bewegen und dieses kleine Glück nutzte er, um nun endlich nach seinem kostbaren Eisenschatz zu greifen, sollte er in seiner erfrierenden Not ein Signalfeuer abgeben müssen. Stille kehrt für einen Augenblick in ihm ein, so bedrückend, dass sie das schrille Pfeifen der pfahldünnen Eisstürme übertönt; er wurde beraubt, seine Waffe ist ihm verloren. Das konnte nur die Tat der Schwarzhaarigen sein. Im Moment seiner sich steigernden

Ungläubigkeit flachen die Sturmwellen ab, mit denen rotierende Eiskegel sich in verpuffende, rauchartige Schneeseile verflüchtigen. Lediglich zwei einzelne Stürme halten dicht am Rand der unsichtbaren Grenze zu ihrem bärtigen Ziel stand. Sie wirken, als würden sie um das gedankenverlorene sich anbietende Opfer streiten, denn ihre Kegelspitzen rasen aufeinander zu, pressen ihre Sturmmäntel aneinander, sodass die Zwillinge sich schräg und mit ohrenbetäubendem Pfeifen aneinander schleifen. Von seinem Gedankenstrudel aus durchdenkt der Wanderer das surreale Schauspiel und vergisst dabei um die Gefahr, die von den beißend kalten Luftschlingen ausgeht. Als die zwei Eiswalzen nun gemeinsam eindrehen und den Bärtigen einzusaugen sehnen, wurzelt dieser knapp vor der Geisterwand an, um seiner Gedankenflut in verfrorenem Schwanken standzuhalten. Er bemerkt nicht, wie die Stürme schon durch die rauen Fasern seines Mantels pflügen und kristallene Flocken die losen Flicken aufschürfen. Aus seiner blindversteinernden Trance zurückkehrend, zieht er seine Marschmotivation mit einem starken Aufatmen an, um Kraft in seinen Beinen zu zentrieren und der schwarzhaarigen Räuberin nachzuspähen – ein gewaltiger Fehler, wie er schnell unter krampfhaftem Zusammenbruch bemerkt.

Den eisigen Tod aus allen Körperöffnungen pressend, hustet er die kalte Luft der beiden Stürme aus und spuckt große Mengen Blut hinterher. Die auflauernd wirbelnde Kälte hat seinen Atem scharf wie Glassplitterstaub in seine Lunge gekehrt und nun ringt er mit Blut und Tränen um einen Schritt ab von der verschmolzenen Eismangel. Mit einem Satz schmeißt er sich zu Boden, die Hände krampfen in den Schnee. Blut breitet sich mit jedem Mal Luftschnappen in seinem Mund aus und ergießt sich über die Kristallkrallen, die sich vom Eisboden aus entwachsend um seine stützenden Finger schleichen. Der wärmesüchtige Neid des Frosts behagt, ihm seinen Körper zu stehlen, leckt jeden Tropfen Farbe aus der Blutlache, sodass nach einzigen Sekunden nur ein pinkes, glattes Blatt ausgebreitet vor ihm schimmert. Lange sah er schon kein heimatliches Rot mehr. Diese Stolze Flaggenfarbe jedoch flößt ihm nun Unbehagen, wenn nicht sogar eine reizende Übelkeit ein, wie sie da als verblassender Akzent eingefangen in kristallweißer Leinwand schläft. War das Rot doch immer eine Farbe, die in seinem Nationalstolz und vor allem zum Kriegsbeginn immer über ihn wachte. Nun versickert sie in blendendem Weiß und kein Schwarz käme aus unverklärtem Himmel hinabgestiegen, um das dreieinige Farbspiel harmonisch zu ordnen.

Aus seiner Panik erwachend, zieht er seine Hände vom Frostboden ab und reibt sie heftig aneinander. Dabei springt ihm ein Detail ins Auge, welches er abgelenkt vom Blutauswurf nicht näher unter seiner rechten Hand spürt und davor eher übersah. Es handelt sich um einen Lederriemen, wie sie ihm von den Zügeln der Kavallerie bekannt sind. Hätte die Frau sich wohl einen Gaul geschnappt?

Der Riemen ist bei weitem nicht so stark zerfroren wie die übrigen Lederbänder an seiner Uniform. Das gibt zumindest eine grobe Einschätzung darüber, wie lange das Leinenstück hier schon unter dem Pulverschnee überdauert haben musste. Es gibt also mindestens eine weitere Gestalt, etwas physisch Greifbares, auf seiner Reise, was ihm Auskunft über diese vereiste Hölle geben könnte. Denn einen solch festen Lederriemen hat er bei der Frau nicht gesehen und beim Tragen ihres schwachen Körpers auch nicht gespürt.

Gerade als er versucht aufzustehen, drängt seine Hand den Riemen zwischen die Zähne, so ließe sich der Schmerz besser ertragen und die Zähne schützen, die der eisige Tod ihm vor Einsetzen blauverbrannter Mundfäule noch freiwillig hinterließ, und es fixiert sein gelockertes Zahnwerk, bevor sich dieses im endlos weißen Boden lose bleichte. Bis dahin würde es nunmehr nicht lange dauern, aber vielleicht bekommt er vor dem Hungersturz noch einen Bissen, für den er seine abgeriebenen Kauer bräuchte.

Durch seine frostverkrusteten Sehschlitze scheint die Sonne das ewige Eisland erneut etwas aufzuklären. Etwa fünfhundert Meter entfernt, so schätzt sein Soldatenauge, muss ein Waldrand liegen. Er beißt fester auf das Lederstück und reibt sich die Faust tiefgleitend über die Ränder seiner Augenhöhlen. Eisige Falten blitzen sich straff, sein Mund fällt langsam auf, so schnell es die lähmende Kälte eben ermöglicht, und weißverblendete Pupillen schießen auf, wie bei einem Haubitzer, dem ein Blindgänger aus dem Kanonenrohr rutscht. Er muss träumen, er muss in Ohnmacht dahingeschieden und dem Erfrierungstod erlitten sein; niemals würde sich nun so unangekündigt ein Wald vor ihm auftun, nachdem er unzählige Welten aus immer und abermals denselben Eiswelten erlebt hat, oder etwa doch?

Um seinen Verstand zu prüfen, dreht sich der Unterkühlte so schnell um, dass in dieser Bewegung das meiste oberflächliche Eis seines Mantels hinabrieselt. Die „Geisterwand" ward ihm nun deutlich als Ufer, er befindet sich auf einer Insel, genauer gesagt an einem wohl arktisch-tundrischen Küstenabschnitt. Weit und breit sind keine Gletscher und keine Klippen zu sehen und der Boden unter ihm scheint nicht aus Stein, weder aus Sand zu bestehen, sondern lässt sich mit einer lehmartigen Konsistenz ertreten. Bis zum Horizont hinaus breitet sich ein weiter gefrorener Ozean aus, auf dem die vielen kleinen stürmischen Eiskegel zu Schneelaken zusammengesackt sein mussten. Die kleinen Häufchen verlaufen geradewegs entlang des gespreizten Risses, der ihn seit Beginn seiner Höllenreise verfolgt. Um seinen Todespatronen genauer ins Visier zu nehmen und um ihn in Verachtung oder Überlegenheit zu bespucken, schmitzt der

Mund unter kantig windgesteiltem Frostbart ein verzweifeltes, halb erlöstes Lächeln zusammen und das dazugehörige Gesicht fällt in kaltraue Hände. Der Wanderer stürmt zurück zum Ufer, schmeißt sich mit dem Gesicht voran auf den vor dem Ufer endenden Eisriss zu und blickt in eine gigantische, endlos erscheinende blaue Schlucht. Einen zaghaften, schiefen Schrei, der aus seiner blutigen Lunge hervorkriecht, verstärkt die Schlucht zu einem mächtigen Echo, das da zeugt von verbittertem Überlebenswillen. Eigentlich dürfte das ozeanische Gewässer einen solchen Riss nicht zulassen, da er doch zuvor mehrmals fast an dessen oberflächlich gebrochenen Schlingschollen ertrunken und erfroren wäre. Tief zum Grund vernimmt der Vermantelte ein tosendes Geplätscher und meint, dort nicht Wellen oder einen Strom, sondern viele entfernte Hände zu sehen. Nach selbiger Manie wie beim Anblick des Waldes reibt er sich die Augen. Er erkennt nicht genau, was sich am Grund des Risses nun wirklich verbirgt, aber das Gefühl, die griechisch mythologische Unterwelt entdeckt zu haben, sollte ihn wohl über seine Wahnwanderung hinaus beschäftigen. Den Kopf aufgerenkt, den Ozean erneut musternd, entdecken leicht strahlende Augen in den Silhouetten der Schneehügel, entlang des Risses, weiße Gestalten.

Als würde die Vorstellung mit ihm durchgehen, zwingt er die ehemaligen Eisstürme, die nun als Häufchen verstummten, in das Bild tausender weißrobiger Mönche, die mit dem Haupt voran seinen Sieg über den Weltenriss in betgebäugtem Aufliegen vergötzen. Bevor er sich aber in eine lebendige, seinen kitschigen Glaubenswahn verwitzelnde Eisstatur verwandeln würde, zieht ihn die Neugierde zurück zum hoffentlich vor dem Eischaos geschützten Wald. Vermutlich müsste seine Begleiterin auch nicht anders gedacht haben, drum' macht er sich auf, den Baumwall zu durchschreiten und in das tiefe Schwarz einzutauchen, welches sich hinter den eisbedeckten Rinden ankündigt.

Kapitel 5:

Mit umnachteten Augen

Da er keine Zeit nach seiner Reise auf dem ewigen Ozean mehr einschätzen kann, bemüht er sich, seit er bewusst auf der Insel Fuß setzte, seine Schritte konzentriert zu zählen; zum einen besitzt sein Verstand ihm unerklärliche Windungen, die ihn plötzlich mit einem kartografischen Genius begeistern, zum anderen hilft ihm das Zählen, seinen Sinn vor dem ihm drohenden Wahn zu schützen. Nach genau 2018 Schritten, während denen die Bäume immer mächtiger auf ihn einzuwirken scheinen, erreicht er die Waldfront. Große Stämme, deren Harztränen vor dem sicheren Frosttod mahnen und in blassem Grau erfrieren, laden ihn durch die Pforten eines gigantischen, finsteren Holzriesen-Kabinetts. Gerade noch kann er die Harzperlen in der Sonne genießerisch bewundern, deren klaren Schein er so lange vermisst hat. Die Begegnung mit dem Sonnenlicht ist wie Kunst, direkt und natürlich, aber mit jedem Schritt auf den Wald zu, steckt er tiefer und erneut in einem All, dessen frostrankende Finsternis ihm eng um den Hals wächst.

Zu seiner Verwunderung erspäht er zwischen den schwarzen, mindestens vierzig Meter hohen Stämmen etwas grünes Moos und wenige Farne. Aufgrund der hiesigen Flora kann er dennoch nicht ausmachen, in welcher Region der Erde er sich befindet. Schon vor dem Krieg musste er viele Länder bereist haben, zumindest hat er unzählige fremd ausblühende Bilder von antiken Bauten und gigantischen Glasfassaden im Kopf, wie er sie eigentlich sonst nie in seinem ihm klarer abrufbaren Heimatland bestaunen durfte. Solche Bäume kennt er nur aus Bildern des nördlichen neuen Westens, die Farne aber waren ihm eher aus dem tropischen Süden bekannt.

Wie er da durch den Schlamm stiefelt, lässt der Schmerz auf seinen Sohlen etwas nach, endlich können seine Füße etwas sanfter abrollen. Es fällt ihm auch leichter, sich in seinem Humpeln durch den weichen Waldboden zu ziehen. Langsam kehrt eine warme Zufriedenheit unter die kalte Pickelhaube ein und er glaubt zu fühlen, wie sich sein Bart aus der windlich abgespreizten Starre heraus sanft glättet; sein Körper nimmt den Wald an und Geborgenheit verwandelt sich aus seinem ewigen Fluchtgedanken. Ist dies das Ende seiner Reise, hat er für dieses Stückchen Unberührtheit gekämpft? Er schwingt aus und bremst seinen Halt abrupt ab, um über seine Reise für einen Moment nachzudenken. Schließlich fragt er sich, warum überhaupt er die maskierte Frau retten, jagen oder befragen solle, warum auch? Sein einziges Ziel war es doch, vom Eis herunterzukommen. Wenn er ein so genialer Kartograf zu sein scheint und die Umrisse der Insel sich merkwürdigerweise in seinem Kopf mit jedem Schritt weiter zusammensetzen, vielleicht hat er sich die Insel ja vor seinem fernvergessenen Aufbruch noch als Ziel gesteckt. Womöglich ist er der letzte Überlebende einer arktischen Mission, der Eisbrecher ist aufgestoßen und jagte den Riss hinter ihm her. Ist es diese Schlussfolgerung, die ihm inneren Frieden brächte? Eher nicht, wie er findet.

Trotz Eis- und Windlosigkeit kommen seine Silhouetten hinter den schwarzen Stämmen zum Vorschein. Schüchtern verstecken sie sich wie Waldgeister und diesmal nicht in weißem, sondern in grauem Schleier hinter den kolossalen Baumpflöcken oder lehnten achtlos an der Rinde dieser im Kronenwind raschelnden Riesen. Wohlgemerkt scheint ihm diese Rinde, wo er sie jetzt genauer mustert, den Eiswirbelstürmen in ihrer eingefrorenen Maserung etwas zu ähneln. Was ihm nun wie ein Wink seines fortschreitenden Wahnsinns vorkommt, bereitet ihm dennoch Unbehagen. Sollte es auch hier stürmende Säulen geben, die mit wandmalerischer Gewalt die Waldfassade gestalten?

Eine der Silhouetten beginnt undeutlich zu flüstern, aber er entnimmt ihrem Fuchteln, sie möchte ihm zum Fortsetzen seiner Reise drängen. Leicht verwirrt und unentschlossen, blickt er den Figuren abwechselnd zu, wie sie um ihm, mal sitzend, mal angelehnt, ganz entspannt mit den Füßen von Ästen und Stümpfen herab wippen oder ihn anzuweisen versuchen. Immer wieder wirft die aktuell mitteilsamste Gestalt die Arme in einer scheuchenden Bewegung nach vorne. Mit einem strenganalytischen Ausdruck, das Gesicht und sein Blick fragend angespannt, sucht er die Antwort unter den Posen aller Figuren und aus den wahnverengten Augenwinkeln. Sein Verhalten bewegt die anderen Gestalten dazu, sich der mittlerweile in einen verzweifelten Motivationstanz extasierten Wegweiserfigur anzuschließen, wenn auch zögerlich und anscheinlich selbst etwas überfragt – bis auch die letzte, verbitterte Silhouette nach einem Schulterzucken in die Tanzanweisung einsteigt, um ihm klar verstehen zu geben, dass sein Weg keinen Anhalt hier finden darf. Bis jetzt ist er relativ gut mit den Ratschlägen seiner eher stummen Begleiter vorangekommen, gerne aber hätte er auch Silas Meinung gehört, den er nun seit Ankunft am Ufer nicht mehr zu Gesicht bekommen hat. Irgendwie vermisst der bärtige Klotz das Kind mit seinem kläglichen Zupfen am Mantelsaum.

Es raschelt, etwas bewegt sich in den Ästen. Sein Blick ward gebannt nach oben, er verrenkt den Kopf, soweit die verfrorene Gelenkstarre es ihm ermöglicht. Mit unbeholfenen Schritten, beschränkt durch seine Verletzungen, beginnt er, Stellung hinter einem der Bäume zu nehmen.

Bombenschlamm schlingt sich um sein inneres Ohr und sein Magen beginnt, die Übelkeit über tagelangen Nahrungsmangel zu vermissen. Er versetzt sich für einen kurzen Moment, erinnernd in eine Flucht in einem fremden Fahrzeug, die ebenfalls in einem Wald endete. Das Knacken eines Astes schallt durch den Wald und zerrt seine Gedankenversunkenheit aus dem blitzschnell verrenkten Blick des Geduckten.

Als er sich umdreht bemerkt er, obwohl er nur 42 Schritte in den Wald hinein gemacht hat und durch das Rennen nun weitere 10, dass die Strecke zum Ufer plötzlich von einem tiefem, schwarztrüben Waldabschnitt umrahmt ist – die Bäume erscheinen gewandert. Hatte er seinen zählfähigen Zustand überschätzt und hat er sich nun doch verlaufen? Für einen Moment vergisst er die mögliche Bedrohung in den Baumkronen und drückt sich mit seiner Hand langsam von der massiven Rinde zurück auf seinen Pfad, um einen Gesamteindruck der endlos ausgebreiteten Waldfinsternis zu gewinnen.

Nach regungsloser Gedankenkrämerei in seinem Versteck ist ihm zu schnell wieder still geworden, er hörte ruhig seinen Atem, sein Herzschlag flacht ab und das Zittern kriecht aus seinen Händen und bewegt seine Füße zurück in den gleichmäßigen Marschtakt. Nach fünf weiteren Schritten hält er inne, etwas kann einfach nicht stimmen. Kein Wind zieht durch den Wald, er sieht kein Ende zwischen den Stämmen, die Luft liegt ihm mit jedem Schritt schwerer auf der Brust. Seine Besorgnis zwingt ihn zum Umkehren. Bevor er sich zusätzlich auf einer Insel verirrt oder was dieser Landabschnitt tatsächlich außerhalb seines kartografischen Wahns sein mochte, muss er sich gen Ufer vergewissern, dass die Schrittzahl noch stimmt und er einen Ausgangspunkt findet, an dem zumindest ein bekannter, wenn auch kühler Rastplatz auf ihn wartet. Hat er doch in trügerisch versichernder Waldromantik geglaubt, wie auf dem Eismeer durch die Beobachtungen der Wirbelstürme angekündigt, das ruhige Auge des Frostchaos gefunden zu haben.

Nach zehn Schritten auf dem Rückweg glaubte er noch, Zeit spiele keine Rolle, da die Nacht ihn all die Zeit auf dem ewigen Ozean nie ereilte, doch er glaubt nun, ein Dämmern zu spüren. Macht ihm sein erfrorener Verstand wieder den Gar aus oder kann es wirklich sein, dass zwischen den Bäumen ein ganz feiner, silbriger Schimmer Mondschein hindurchblitzt? Damit er also keine Zeit mit verdunkelt blindem Tappen und Schritteraten verliert, beginnt er, schneller zu marschhumpeln. Zum ersten Mal seit langem verspürt er den Reiz und auch das Vertrauen und die Kraft, den schlammigen Weg mit Rennen zu wagen. Mit einem Ruck packt er sich und läuft in die Richtung, in der er den Waldausgang und den Abdruck seines ersten Schrittes im Uferschnee vermutet. Er läuft und keucht, fühlt, wie das Blut durch seine Adern strömt, wie warme Luft der Farne sich mit dem kalten Atem der Nadelbaumriesen kreuzt und seinen Rachen mit einem Waldaroma befeuchtet. Wie fliegen, so fühlt sich das Rennen plötzlich für ihn an. Hinter ihm spürt er die Krater und Blitze, wie sie ihn in durch Gedanken an ähnliche Kriegserinnerungen jagen. Eine Rückblende schiebt sich in seine Wahrnehmung und motiviert ihn, immer kraftvoller in seine Stiefel zu treten, den Schlamm mit gewetzter Sohle bis an das verwunschene Ufer zu tragen.

So weit sollte er wohl gar nicht erst kommen, denn eigentlich müsste er längst wieder am Küstenabschnitt eingefunden haben. Wo aber ist sein Ufer hin und wo könne er nun einen sicheren Platz zum Rasten finden? Er befreit sich aus dem Übermut des Adrenalins, meint nun nach der Erfrischung etwas klarer zu sein. Doch sind das nur wohlwollende Überzeugungen, die ihm von eindringlicher Panik abbringen sollen. Sein Atem stockt und kündigt unregelmäßiges Gedankenhetzen an; was ihm noch eben gegeben, ward ihm vom Wald und seiner trügerischen Finsternis wieder genommen. Wieder umkreisen ihn die

Silhouetten, nun eingehüllt in schwarzen Schleiern. Andächtig beugen Sie sich vor ihn. Zwei von ihnen knien in sicherer Entfernung. Eine weitere sitzt etwa zwanzig Meter von ihm auf einer starken Wurzel. Und da ist dieses feuchte, klebrige Gefühl in seinem Nacken, seit die erste der Figuren hinter einem der Stämme erschien. Erst dreht er sich nach rechts, das Licht des Mondes ist auch verschwunden, völlige Dunkelheit ließ den Wald verstummen.

Nach links gerichtet, sieht er einen ebenso leeren Fluchtweg durch den Wald. Zwei der Figuren bewegen sich während seiner Drehungen zurück in sein Sichtfeld. Sie versuchen ihn wieder auf seinen Weg zu bringen?

Er ballt die rau vom Wind gepeinigten Fäuste, dass er in ihrer Festfaltigkeit das Reißen seiner Haut spürt. Die Zähne kneift er zusammen, mit einem letzten genießerischen Atemzug durch seine Nase nimmt er die dennoch klare Waldluft bewusst wahr, welche nur die bedrohliche Atmosphäre der Insel verschleiert. Geschwind dreht er sich um und wird auf halber Drehung von einem erschütternden Anblick ausgebremst. Einer der Figuren steht direkt vor ihm, den fratzenlosen Kopf in den Nacken gebeugt – es scheint das Wesen zu sein, welches seinen Kopf bereits dicht neben dem Wanderer bei der Rettung der Frau zeigte. Seine Augen reißt er weit auf, als eine Hand in schemenhaftem schwarzen und halbdurchsichtigem Schleiern sich zu seiner Wange bewegt. Übelkeit kocht in ihm auf, er kann die Figur wieder nicht einordnen, obwohl sie ihn seit geraumer Zeit begleitet und ihn das ungetüme Antlitz nach erster Sichtung über der zusammengebrochenen Frau nicht mehr erschrecken sollte. Namenlosere Beschreibungen als zuvor flüchten durch seinen Verstand, Kälte zieht durch seine Adern und das Blut scheint an dem Punkt zu stocken, wo die schwarzschleiernde Hand mit einem winzigen Kontaktpunkt ihren Zeigefinger auf seine Wange auflegt. Die Gestalt neigt ihren Kopf von hinten aus an die Brust und lässt diesen erst nach rechts und dann zur anderen Seite rollen. Ein kieferähnliches Gebilde, das vielmehr an den Mund einer Sockenpuppe erinnert, schiebt sich weit nach vorne, zuckt, als wolle es die schemenhafte Struktur gänzlich verlassen. Trotz der geisterhaften Statur entschallt dem form- und öffnungslosen Geistergebiss ein knöchernes Knacken, der Kiefer fällt wie ausgerenkt nach unten auf und ein schwarzer Nebel entströmt der verformten Stelle am Kopf der Gestalt. Handelt es sich gar nicht um seine scheutreuen Begleiter, haben Sie sich gleichzeitig mit ihrem Farbwandel in etwas anderes aufgelöst? Er plant seine Flucht, versucht zu der Seite zu entweichen, zu der nur die eine Kreatur auf dem Baumknochen wippend wartet, doch wie angewurzelt lässt er den Nebel dicht an seine Augen schweben. Die Gestalt wendet sich von ihm ab und rennt zu den beiden Gestalten, die sich ebenfalls rasant in sein Blickfeld mischten.

Der schwarze Nebel beginnt, auf seinen Augen zu brennen, laute Schreie fliegen aus seiner Kehle, die Schmerzen übertrumpfen jeden seiner Tritte auf dem Eis. Seine Gedanken schwirren um den Nebel, was konnte das für einen Substanz sein? Eine Droge, Gift oder irgendein Ritualzauber einer unentdeckten Kultur? Er ist schließlich in ihm unbekanntes Terrain eingebrochen. Vielleicht ist er bereits seit seiner Ankunft auf einem verworrenen Rausch und bildet sich die wandernden Bäume nur ein und auch die Silhouetten – ja, seine ganze Reise auf dem Eis ist wohl nur erlogen. Doch der Schmerz, der seinen Körper schon so lange durchzieht, muss echt sein, das ist ihm klar, daran hält er fest. Es handelt sich um keinen Rausch, kein Delirium – etwas dringt in seinen Verstand vor und er beginnt ihn langsam zu verlieren.

Panisch reibt sich der Flüchtende erneut die Augen tief in die Augenhöhlen wie am Ufer schon. Fest presst er dabei die weniger rauen Handinnenflächen gegen die Lider, sodass der Druck auf seinen schläfrigen Augenkäfig ihn von dem eigentlichen Schmerzen ablenkt. Aufmerksam durch seinen Überlebenswillen, vernimmt er wieder Bewegung in den Baumkronen. Diesmal ertönt ein ihm vertrautes metallenes Geräusch. Nun wird ihm klar, welch Klangspiel aus Lederknatsch, Metallgeklapper und flinker Astakrobatik sich dort zusammensetzt, doch leider kann er nichts durch die Nebelsicht erkennen und seine Augen schmerzen ihm zu sehr, um sie für ein umreißendes Erspähen weit zu öffnen. Aber er ist sicher, dass es sich um die Frau und seine Signalwaffe handelt – nach ewig auszehrendem Foltergeschheppere des an einem Knie stützgebundenen Feuereisens, könne er den unverwechselbaren Klang der Pistole nicht vergessen.

Hatte er doch keine Munition geladen, also sollte sie diese auch nicht gegen ihn einsetzen können. Sicherheitshalber zählt er, seinen Gürtel abtastend, die übrigen Patronen. Eine weitere fehlt, das war ihm zuvor nicht aufgefallen. Es ist die Patrone, die sonst in die Himmelsrichtung der Statur zeigte, welche soeben den schwarzen Anschlag auf ihn ausübte. Angstgedrängt formen seine Stimmbänder einen sprachlichen Auswurf zusammen, der ihn jedoch zunächst an kein Wort erinnert. Mag es die Verwirrung über seine Wortwahl gewesen sein oder sein gefährlich anmutendes Erscheinungsbild, das kann er der Dame nicht verübeln, aber das eiserne Klackern signalisiert ihm, dass die Frauenhände langsam, aber gekonnt die Munition in den Lauf einführen. Erneut wirft er unverständliche Begriffe aus, die sich in ihrem Aggressionspotential und klanglich nicht von dem weit entfernten Baumstammstürzen absetzen. Er hört, wie sie den Spann der Waffe nach hinten durchlädt und ruckartig die Waffe in eine Richtung bewegt. Wenn sie nicht auf den Ästen aus sicherer Entfernung Schutz sucht, würde er vermuten, sie schleudert das Feuer zum Himmel, um Hilfe zu holen. Eher aber zielt sie gerade auf ihn, er hatte Sie schließlich in diese neue Stufe der Hölle verschleppt und erklären konnte er sich dafür bisher noch nicht, da ihn die neue Situation genauso überrumpelt. Als letzten möglichen Verständigungsversuch legt er die Arme über den Kopf und sackt auf seine Knie. Voller Schmerz durch diesen markerschütternden Sturz auf seine schlimmsten Verletzungen und gerade noch unvorbereitet belasteten Gelenke, ist es unmöglich für ihn, den Schmerz inne zu halten. Ein Schrei entweicht ihm und als Antwort schnallt der Spann gegen die Hülse. Ein Knall, ein wirklich lauter Knall raschelt hinab vom Ast, peitscht durch die kühle Waldluft, bricht ein in sein Trommelfell und umringt seine Blindheit mit durchdringender Schwärze und einer plötzlichen Taubheit. Sein Körper sackt nach vorne. Wärme breitet sich in seinem Hals aus, doch Schreien bleibt unmöglich. Er spürt weniger den Brand, des Feuers, das sich unaufhaltsam in seinen Körper bohrt, vielmehr erlebt er die hastig schmerzwühlenden Hände der Gestalten, die plötzlich um ihn stehen und mit wanderertränenverschmierten Fingern gemeinsam mit seinen Pranken im Flammenhals graben. Da er all seinen Schmerzen entsagt, fällt ihm nicht genau auf, ob die Kreaturen das Feuer nachdrücken oder ob sie ihn zu retten versuchen. Schwächer wird das Feuer jedoch in dessen stachelnden Brunst nicht, sein Verstand aber ergibt sich diesem. Lodernde Sehnsucht nach einem Ende dieser unsagbaren Reise verschmilzt mit einer vollkommenen Gleichgültigkeit, die ebenfalls von der Schützin ausgehen muss, so wie sie regungslos weiterhin mit rauchendem Lauf zu dem Gestürzten und seiner gestaltenen Umwuselung blickt. Ein letzter Versuch, den Atem anzuziehen, endet auf seiner Zunge als rauchverblasstes Aroma des Waldes; warmer Farn und kalte Nadel, grünes Moos, würziges Eisen und pinkgefrorenes Blut, seine Hände wühlen im aufgestachelten

Bart, die Poren seines rauen Gesichts kalt gefroren, den vermissten Lederriemen erneut fest im Griff.

Für eine halbe Ewigkeit starrt er in betrübtes Weiß, akzentbestochen von der einzig erkennbaren Farbkontur des scharfgefrorenen Blutblatts. Seine Gedanken verglimmen im Leuchtfeuertod und sehnen sich wohl zurück an das Ufer? Seine warmgefrorenen Gefühle aber muss er nicht länger unterdrücken, denn Schmerz und Ekel finden unverhofft zurück. Sein Gedankenkreisen entkrampft sich aus dem schwarzen Wald und gleitet in eine Atmosphäre aus Eistürmen, Küstenfrost und dem Knacken des gigantisch aufgeschluchteten Risses. Sein Bewusstsein breitet sich schmerzannehmend in seinem Körper aus, wie er gekrümmt über seinem Blut am Ufer schwankt. Stirbt er etwa doch nicht und wurde soeben errettet von seinem glühend roten Tod, hatte er diesen Horror gerade delir unter Blutverlust wahrgenommen oder stand er im Bann seines wahnträumerischen, frierenden Verstands? In Realisation, zurück im Leben angekommen zu sein und von der viel zu authentischen Todesfantasie traumatisiert, würgt er sich panisch mit unkontrollierten, frostigen Fingern. Stark zitternde Hände gleiten bedächtig über seine Halsmuskeln, graben in den Mantel, frieren sich über die Schlüsselbeine und erfahren nichts als frostverbissen raue Haut – keine Brandwunden, kein Einschussloch.

Kapitel 6:

Mit schmerzenden Augen

Von anbahnendem Wahnsinn übermannt und von einer dicken Schneeschicht überklammert, die während seiner Starre bis in seinen Nacken gekrochen ist, krallt sich der Mantelverkauerte in seine Stachelmähne, um äußeren und inneren Schmerz zu übertönen. Die Stürme am Ufer grenzen erneut um eine Geisterwand, doch ihre kreiselnd ausfliegenden Schneepeitschen hieben auf seinen Rücken und erhöhen die Last des Frosts, der sich nun in seinen Nacken beißt. Unter Schmerzen richtet er sich aus seiner Schneekuhle wie ein Kätzchen, das am Hals aus einer Wanne gezogen wird. Früher als bei seiner letzten Ankunft am Ufer, wenn er sich nun überhaupt von hier wegbewegt und die Reise in den Wald nicht verträumt hatte, lockert das Schneepeitschen auf. Die spitzen Arme der Luftschlingen flüchten in ausdünnende Eiskegel zur Küstengrenze, doch einen Wald oder etwas ähnliches kann er unschätzbar 2018 Schritte entfernt nicht umreißen. Keine schwarzen Umrisse, weder seine Begleiterin, setzen sich von dem gähnenden Weiß des Ozeans ab, der bereits am anderen Ende der Insel zu sehen ist. Nun hatte er einen Beweis für beides, sowohl dafür, dass die Schwarzhaarige nicht weit entfernt zur Rast gekommen sein muss, denn es handelt sich bei dem Landstrich eindeutig um eine kleine, trost- und waldlose Insel, ohne jegliches Leben. Und zweitens muss er die letzten Erinnerungen an einen Wald also nur erträumt haben, schließlich befindet sich absolut nichts vor ihm und nachdem der Schnee nun pulvrig und ganz unstürmisch zu Boden glitzert, hat er eine klare Sicht auf die gähnende Inselentfernung. Durch sein unachtsames Kopfverdrehen, um

einen Rundumblick in seine kristallverfrorene Sicht zusammen-
zusetzen, rutscht ihm der Lederriemen aus der Hand. Eigentlich
bräuchte er das Stück Stoff nicht weiter, außer – in Gedanken an
einen wahngeschöpften Scherz über sein inneres Wandererross –
um seinen Schmerz als treibende Kraft vor ihm zu *zügeln*. Mit
etwas Humor und langsam schließenden Lidern atmet er aus
und bereitet sich darauf vor, für den Fetzen abbücken zu müssen. Seine Hand gleitet intuitiv an seinen Rücken, er fühlt sich
nicht nur verbraucht, sondern fürchterlich alt, älter als es ihm in
Erinnerung ward, als hätte er ein paar kostbare Monate am Ufer
überdauert und wäre nun mit Muskelschwund konserviert erwacht.

Der nackte Handrücken erfühlt eine schnell und stark aus-
klingende Brise, die wohl von den Stürmen ausgehen muss.
Zum Vergewissern dreht er sich um, doch sieht nichts als die
letzten Flocken der verschossenen Eiswindhosen, die als traurig
dahinrieselnder Anblick durch die Luft flüchten, nach kurzem
Flug abbremsen und hinabsegeln. Die Eismangel, an der er sich
noch eben die Lunge verbrannt hatte, war nun auch verschwunden und erleichtert neigt er den Kopf zurück in seine Hand, den
Lederriemen prüfend. Irgendetwas bindet ihn doch nun ganz un-
ironisch an das Leinenteil; der Griff kommt ihm so bekannt vor,
als hätte er selbst vor sehr langer Zeit einmal ein eigenes Ross
gesteuert. Der Riemen war zu jeder Zeit doch deutlich fester, di-
cker, beherrschender als dieses Stück, so erinnert er sich. Er ist
sich klar, ein starkes Pferd war es, das ihn in seinem Heimatland
begleitete. In seiner Hoffnung sich an den ersten der Namen aus
seinem alten, warmen Leben zu erinnern, auch wenn es nur der
eines Gauls wäre, verliert er sich erneut in einem ziellosen Gedankenstrudel. Durch seinen Kopf fliegen zunehmend zahllose
dieser fremden Bilder, die er weder seinem Land noch einer seiner Reisen wirklich zuordnen kann. Unter angestrengtem Stirn-

runzeln fügt sich eine Kreuzung aus zwei verschotterten Straßen zusammen. Die Umrisse formen sich in eine recht breite Struktur aus, viel breiter als die Straßen, die ihm als Pferderouten bekannt sind. Sein Schlussfolgern bricht langsam ab, als er durch aufklärende Verschwommenheit, in der sein Fokus das Blickfeld wiedereröffnet, schwarz verschwommene Konturen am Horizont zu deuten glaubt. In panischem Fuchteln bürstet er durch seine Wimpern, um deren Kontur am Horizont auszuschließen. Mit jedem aufgeregtem und immer schneller werdendem Blinzeln sammeln sich weitere Stämme und binden sich zu einer Waldfront zusammen. Stark zitternde Hände winden sich um seinen Kopf, stürzen die Pickelhaube zu Boden und wühlen in bebender, eisverkrusteter Mähne. Er bewegt sich am Ufer auf und ab, wechselt seinen Blick aus überdehntem Augenwinkelstarren zwischen dem lautstark aufbrechenden Ozeanriss zu seiner Rechten, dem Lederriemen in seiner Hand, dem pinken Blutblatt an seinem Anlegeplatz und dem schwarzen Stammungetüm, das sich vor dem eben noch sichtbar unberührten Ozean verschränkt.

Diesen starken Kontrast vor ihm, verzahnt in Weiß und Schwarz, wünscht er sich wie einen Reißverschluss aufzuziehen, damit er nun, anders als in seinem Traum, einen Hintergrund im trüben Wald erspähen könnte. Jedoch bleibt nun die Frage erneut offen, ob es sich wirklich um einen Traum handelt oder ob er eine Form von Magie erlitten hat. Vielleicht war es auch eine Vision, die ihm schmerzlichst beim Blutspucken wie eine Nahtoderfahrung zugeflüstert wurde. Er schüttelt ungläubig den Kopf und ruckt seinen Blick zu seinem Munitionsgürtel. Um aus seiner Panik zu finden, streicht er behut- und aufmerksam, fast schon in meditativ ausatmender Andacht, mit seiner Linken über die verbleibenden Patronen. In Erinnerung an den Wald vergleicht er sie mit der Position und Haltung der Gestalten zwischen den Bäumen. Er schließt die Augen und formt unter dem Schwarz seiner Lider schemenhaft die Umrisse der zwei sitzenden Gestalten nach, wie sie mit der Hand vor dem Mund zueinander kichern. Beide dieser Hülsen kann er an seinem Gürtel erfühlen. Besänftigt schwenkt er weiter zu den mittleren Patronen, die Positionen der Kreaturen decken sich mit dem Gesteck am Gürtel. Die bereits fehlenden Patronen lässt er aus, doch als er zügig mit blinder Hand den Riemen weiter überfährt, laschen lediglich drei leere Halterungen auf. Er reißt den Blick seinen Mantel hinab, starrt in die ungefüllte Gürtelhälfte und erneut brünstet Panik durch seinen Körper. In Vorbereitung auf einen Kontrollverlust legt er die Hände vor seinen Mund, kratzt sich über die Lippen bis in seinen Hals, an dem nun Phantomschmerz des Leuchtfeuers zu lodern beginnt. Er steckt sich den Lederfetzen zwischen die Zähne, rammt die Kauer in den eisverdorrten Riemen, sackt zusammen und schlägt sich mit hosenoffenen, nackten Knöcheln in den Boden. Er hofft dadurch, sich durch den Schmerz entweder von seiner Panik abzulenken oder aus dieser Hölle aufzuwachen. Aber warum fehlt eine weitere Patrone? Warum überhaupt fehlte die zweite, wenn seine Erinnerungen an den Wald nur einem Traum entspringen können? Die Rätselwindungen entkrampfen sich zur einzig möglichen Erkenntnis, er habe nicht geträumt, sondern muss real empfunden haben.

Wie er aber nun lebendig, und – soweit das in seinem Zustand angenommen werden könnte – unversehrt an der Küste aufgewacht ist, ergibt für seinen panisch paranoiden Verstand keinen Sinn. Er haftet weiterhin an einem zweifelnden Glauben an Magie oder eine Art drogeninduzierter Wahrnehmungsverzerrung. Seine Realität musste lediglich in seinem Kopf das Gleis gewechselt haben und er dreht einfach nur durch. Niemals sonst hätte er diesen Zwischenfall überlebt haben müssen. Die

Leere an seinem Gürtel aber fühlt sich erschreckend real an und so schwer, dass sie alle seine Zweifel sattnähren würde. Um der Panik zu entsagen, konzentriert er sich auf den beißenden Schmerz im Eis. Er muss sich dringend, um klar überlegen zu können, langsam wieder zurück zu seiner Planung einfinden; wie müsste sein Rätselpfad sich nun vor ihm ausbreiten?

Wieder beißt er fest in den Riemen und wird von seinem im Eis haftenden Arm beim Herausziehen dazu gezwungen, mit dem gesamten Körper zu verkrampfen. Er dreht den Kopf ein, stöhnt ruckartig, bis es ihm mit jedem Laut hochkommt. Schließlich stützte er sich eben mit seinem Arm vor dem kristallsplitternden Eisgrab, in dem dieser vor Augenblicken noch festgehalten wurde. Wie auch in der Rissschlucht meint er in dem blaudunklen Loch kleine Arme und scharfspitze Finger sich vorzustellen, die froststark seiner Haut hinterher sehnen. Dabei haben sie sich schon Teile davon gerissen, denn sein Arm bietet dem Wanderer ein Gemälde aus wahrlos dahingeklatschten Farbüberlagerungen. Tiefunterkühltes Blau dominiert die grünen Akzente und eine gereizte Rotgrundierung untermalt in regelmäßigen Schüben den Schmerz, der von den regungslosen Fingern des Eisbezwingers ausgeht: Sein Arm ist vollkommen unbrauchbar, selbst wenn er der Schwarzhaarigen seine Waffe abschlagen könne, würde er nicht mit seiner untrainiert linken, noch intakten Hand genau zielen können. Zumindest übergreift die Panik ihn nicht länger und mit schwerkaltem Ausatmen, richtet er sich durch seine atemschwere Dampfwolke auf. Noch leicht zögerlich, aber nach wenigen Schritten Fokus und Mut fassend, läuft er den Weg erneut zur Waldfront, die nun aus der drohenden Nähe noch gewaltiger als zuvor zu scheinen mag. Als er 1990 Schritte erreicht, liegen diesmal noch mindestens 30 weitere vor ihm und genau dazwischen versteckt sich ein breiter Riss im Boden. Er müsste wohl springen, denn zu beiden Seiten hin scheint der Spalt kein Ende zu nehmen. Nicht nur die Entfernung zum Wald aus seiner letzten Erinnerung in der windbearbeiteten Waldfront hatte sich verschoben, die Landschaft bricht nun auch auseinander und entfernt sich von ihm?

Eine gewaltige Sturmböe züngelt durch seinen Bart, er reißt den Kopf zur Seite und wird geblendet von hagelndem Schneepeitschen, das ihn durch die Luft und in verwunderlichem Glück über die Schlucht wirft. Ohne weiter über den Zwischenfall zu reflektieren und wieder in Schnee und Panik zu rasten, hechtet er in abgebrochenem Humpeln zur Waldfront, an der ihn das hämische Künstlerschaffen aus Sonnenspiel im Harz und die frostumrissene Rinde der Baumgiganten begrüßt. Mit dem Rücken an einen Stamm gelehnt, denkt er kurz darüber nach, einen längeren, sammelnden Moment durchzuatmen, bevor er seine Kraft im konzentrierten Marsch durch den Wald jetzt schon aufzehrt. Währenddessen blickt er der Böe nach, die hinab in den Spalt wirbelt. Sein erschöpfter Blick fließt in seine taube Hand, um die er eigentlich den Lederriemen verwickelte, jedoch muss er diesen bei seinem spontanen Flug an die Böe verloren haben. Er stützt sich kräftesuchend an der kalten Rinde der Waldfront ab und nimmt einen tiefen Atemblick durch sein düsteres Hindernis vor. Darin meint er plötzlich, viele kleine Zettel an den Stämmen zu erkennen, die regungslos und straff gespannt das Schwanken der Waldsäulen befangen. Sein Kinn rollt über den von der Kälte ausgedürrten und bruchgefährdeten Mantelkragen, dessen Eisschicht des Bärtigen Atemwärme als hauchdünnen, gefrierenden Kondensfilm annimmt. Künstlerisch gezogene Froststreifen entschimmern dort unter seinem Augenwinkel die vielen Farben der wolkenverschiebenden Sonne, gleich den Harzperlen an den hölzernen Giganten, die der Wanderer bei seiner letzten Ankunft schon bewunderte. Diesmal aber beschildern die vielen, bis durch die Trübe der Waldschwärze vordringenden

Zettel die massiven Stammesbilder und ihre Harzlichter. Sein Blick scheint in der Waldfront wohl eine Gallerie auszumachen.

In einem sehnsuchtsvollen Wirbeln drehen sich Eis und Rinde um die großen Stämme. Erneut wird er an die Eisstürme vor den Ufern erinnert, als hätten diese sich in schwarze Riesen verwandelt und stünden statt auf dem Ozean nun als Waldfront auf. Die Position der Bäume am Eingang des Waldes aber hat sich geändert, ähnlich seiner Erinnerung, als die Schwärze ihn panisch mit seiner bewaffneten Begleiterin einschloss und den Weg zum Ufer losch. Nur die Zettel verketten nun den einzig erkennbaren Weg, über den er ansonsten quer kreuzen müsste, wenn er die mögliche Lockspur umgehen wolle. Intuitiv würde er wohl direkt umkehren oder zunächst entlang des Rands der Waldfront ausweichen, vorher aber musste er sich zumindest den einen Zettel angucken, der als einziger an der ersten Baumreihe heftet. Mit beiden Ellen zwischen den klaffen Frostwunden der Rinde abgestützt, richtet sich der Vermantelte auf und verfolgt die letzten Schneeflocken seines Sturmangriffs, die wie Eissand im Wind und hinab in den Riss verwehen. Ein wenig zögernd sieht er der Stelle im Spalt nach, in welcher der Sturm mit dem Lederriemen abgesunken war. Währenddessen richtet sich sein Marsch mit zielstrebigem, noch leicht stotterndem Schlacksen in Richtung des ersten Zettels.

Kapitel 7:

Empfindsames Leben verlässt die Meere

Schritt vor Schritt nähert er sich langsam dem aufgebäumten Koloss, wie er mit seinen Eiswindungen schlingenhaft dem Wanderer seinen an die Rinde angepeitschten Zettel vorhält. In fast schon mahnend bedrohlicher Anmut schwenkt der Stamm im Wind auf ihn zu, sodass der Frostige kurz zusammenschrickt und leicht Schwindel empfindet, als er nach oben blickend dem Zurückschwenken der Baumkrone folgt. Immer deutlicher wird zunächst der fransige Umriss des Papiers und dann die vielen kleinen Buchstaben auf dem Blatt selbst; es muss sich um eine Buchseite handeln, da die Fransen zur einen Kante hin fein säuberlich, aber dennoch unvermeidbar faserwellend abgetrennt wurden. Das Blatt haftet allein durch den Frost an der Rinde, sodass er es nicht hätte abziehen können, da es sonst wohl dem Schicksal ungeliebter Tapete erläge.

Im Schrittwechsel und dauerndem Fokus auf die noch unlesbaren Buchstaben stolpert er fast über seine Knobelbecher. In den letzten Metern vor der blattbeschlagenen Rinde humpelt er behutsam aus, als müsste er sich dem Zettel wie einem scheuen Tier nähern. Behutsam streift er mit seiner tauben, frostresistenten Hand über die Rinde, entlang an den Fasern und dann über die rauen Buchstaben, die leider in einer unverständlichen Anordnung versuchen, eine Art Brief auszulesen. Zumindest ergibt sich die Vermutung aus dem typischen Kopf des Schriftstücks und einer grußformelähnlichen Schlusszeile.

Immer wieder durchblickt er die Buchstaben und durchstreift sie mit müden, zitterklopfenden Fingern, mal mit seiner brandeiskreischenden Rechten, mal mit der stummen Linken.

Nach einer kleinen Gedenkzeit übt er, zum Zettel gerichtet, mit seiner klauengeformten Hand eine würgende Drohung und zerdrückt dann faustballend den Wind, der ihn beim Entziffern hämisches Lachen zusaust, indem er die würgende Geste mit schmerzstechenden Fingernägeln in seine Hand zusammenrollt. Was von dieser rennenden Schrift ihm jedoch deutlich in Erinnerung flieht, bevor er sich umdreht, um dem nächsten Zettel zu folgen, ist ein Begriff, der ihn sehr an seinen jungen Begleiter erinnert. Silas hieße dieser schließlich, geschrieben aber stand auf dem Zettel „Sielas" und dem letzten ‚s' scheint die Tinte an der oberen Windung zu verschwimmen, sodass es etwas nach einem ‚g' oder einer Neun aussieht. Das ‚a' ist zwar weniger, aber auch angefressen. Vielleicht würde es auch „Silo 9" bedeuten, eine Karte zu einem Nahrungsvorrat wohl beschreiben, aber er denkt, da dichtet sein wahnender Verstand zu viel hinein. Die anderen leserlichen Buchstaben klaffen ansonsten zu weit auseinander und verrennen sich fast zwischen den Zeilen, sodass er nur diesen einen und doch vagen, vielgesichtigen Begriff mitnehmen kann.

Das Humpelstottern, wie er sich da über den Boden mit aufgebrauchten Kräften zerrt, bricht für einige Momente häufig aus der Geraden, die der Wandernde entlang der frostaufgespannten Blätter zu ziehen versucht. Ihn überkommt es mit Schwindel und Übelkeit, vermutlich aufgrund der Waldluft, mit der er leicht dunkle Erinnerungen und sein Erwachen am Strand verbindet. Wie ein Opiumsoldat wachte er schließlich vorhin in der genüsslichen Perspektive auf, sein Bluterbrochenes in Geruch und Anblick überstarren zu dürfen. Neben seinem Unwohlsein, verschwimmt nun auch seine Sicht und ein weißer Rand beißt einen starken Kontrast zum schwarzen Wald in seinem Blickfeld, sodass der Zettelpilgerer stutzig stehen bleibt. Wieder scheint der Wind, nun aber in lautstarkem Sausen, seine Motivation zu verspotten.

Die Luft um seine Ohren beginnt zu brennen, seine Sicht geblendet von dem vertiefenden Schwarz, lodert sich wie Feuer in das enger zusammenkehlende Weiß. Wie ein Tintenschuss auf großen, weißen Leinwandfasern verschwimmt es. Ein Ozean aus scharfen Klängen breitet sich aus und mit letztem Augenöhr vernimmt der Reisende ein Schneegestöber, das sich in kleinen Windstrudeln wie ein Gerüst um ihn verflechtet. Das unscharf verstöberte Wolkenlaken raut sich wie eine kaltweiße Zimmerdecke und schwarze Baumriesen streifen und kreuzen dunkle Linien durch das Bild. Der Ohnmacht nahe, kneift er sich in seine Armnekrose – seine Gedanken entkrampfen sich und entfliegen in den Wind, als wolle dieser den Wanderer nicht belästigen, aber etwas mit ihm spielen. Von seinen Ohren aus streift sich das Windgeflüster an seinen beiden Wangen wie Fingerspitzen entlang und breitet sich in ausgestreckten Armen über die Landschaft aus. Dabei verteilen die geschwindigen Böen einen weiten Schneebezug aus, welcher dem Wanderer mit jedem Stapfen um die Knobelbecher gischten würde. Für einen Moment durchbohrte das schrille Weiß seine sich zu einem Spalt verdichteten Lider, sodass er sich gedanklich in ein Schlafzimmer verlag, in das sich die Morgensonne lacht. Sein Atem entpfeift geschwollenen Nüstern und eine Harmonie zwischen dem Wind und ihm löst ein durch seine Erinnerungen schleichendes Gefühl der Geborgenheit aus. Bevor er sich in gefährlichem Stillstand verliert, wo der Schnee nun auf knöcheltiefe Eismatte hagelt, zieht es ihn zum nächsten Zettel. Aus Böen wird Sturm und Eis pfeilt wie schon gewohnt und doch verhasst über seine Wangen. Er reißt seine taube Rechte schützend über sein Gesicht. Der Wind scheint erneut zu flüstern und an seinen Gedanken zieht eine kleine, unwirkliche Stimme, wie aus der Kehle einer Drossel, er solle die Zettel geschwinder erlesen. Sein Schritt spannt an, aus Humpeln wird gekrümmtes Laufen. Er erreicht den zweiten Zettel, wieder aber ordnet sich ein Briefmuster aus wirren Buchstaben, anhand denen Worte durch klaffende Abstände nicht einmal erkennbar sind. Ein Laut jedoch schießt ihm in den Kopf, mit den Lippen formt er ein Wort nach, dessen stark verkrakelten Tintenkreis er jetzt erst wirklich bemerkt. Jemand sieht, dem Begriff „mit" eine ganz besondere Bedeutung erstehen zu wollen. Wie die handgreifliche Unterwelt des mystisch aufgerissenen Ozeans, die ihn gedanklich noch verfolgt, reißt sich die schwarze Wunde im Papier in den Baum, da der Schreiber denkbar fest aufgedrückt hat. Dem gigantischen Riss gleich, züngeln die schwarzgetränkten Fasern wie kleine Arme bis zur Eisrinde. In einer intuitiven Drehung gen nächstem Zettel wendet er sich von seiner Verwirrung ab und raßt zu seinem Ziel. Schnellen Schritts erreicht er den gigantischen Baum, der ihm wie schon zu Eingang bedrohlich stark entgegen schwankt. Vor dem dritten Zettel angekommen, vernimmt er das erwartete Kauderwelsch und bemerkt ebenfalls ein gewaltsam umkreistes Wort; „offenen" scheint fast aus dem Papier zu fallen, so hitzig musste der Verfasser gekratzt haben, dass die klebende Eisschicht sich löste und der Tintenumriss perforierte.

Erneut dreht er sich ab, läuft auf den letzten sichtbaren Zettel zu. Dieser aber sieht ihm mehr nach einer Art Rechnung aus. Eine lange Liste schwenkt im Wind. Sie ist nicht so starr an den Baum gebunden, jemand musste sie erst vor kurzem hier angebracht haben. Der Wanderer erinnert sich zurück an seine Ankunft vor dem Wald und glaubt, tatsächlich etwas in der von dort gesehen Ferne, in die er nunlängst eingetaucht ist, zusammengesetzt haben zu können – etwas, dass wohl einige neue Zettel anbrachte. Eigentlich möchte er sich keine weiteren Gespenster einbilden, aber womöglich war es auch eine der bereits wütigen oder genau wie er trostlos verwirrten Gestalten. Am

Ende der Liste blitzt ein schwarzer Kreis um einen diesmal sehr eindeutig geschriebenen Begriff. Ein Schnitt in das Papier teilt das Wort in zwei, aber der Kreis macht es dennoch leicht erkennbar; „Augen" fügt sich mit den anderen Begriffen in seinem Kopf. „Mit, offenen, Augen" titelt nun über den neuen Erinnerungen, die er diesmal und bisher ohne Leuchtfeuer in seinem Rachen mit dem Wald machen durfte. Eigentlich hört es sich bereits nach einem beschlossenen Wortgefüge an, aber ob es wirklich die richtige Reihenfolge war, muss er wohl erst herausfinden. Schließlich könnte es sich bei den Zetteln ebenso um eine kryptische Nachricht eines Fliehenden, aber auch um die eines verlorenen Wahnsinnigen handeln. Andernfalls würde die Beschreibung wie ein Hinweis klingen. Solle er die Augen offen halten, um drohende Gefahr zu erspähen? Lauert etwas hinter der trüben Schwärze und durchdringt ihn mit offenen Augen? Die Nachrichten sind zu offensichtlich angeordnet, um ihre Bedeutung zu leugnen. Ihm fehlen dennoch zu viele Informationen, um einen eindeutigen Schluss über Verfasser, Motivation und Ziel zu fassen.

So konstruktiv, wie es sein schmerzverzerrter Augenwinkel ihm zulässt, forscht er in seiner Umgebung; mahnende Riesen schwanken durch den Eissturm so stark im Wind, dass ihre Kronen sich in lautem Rasseln ineinander verrennen. Er hätte nie geglaubt, nachdem er in seiner Erinnerung hinter einem dieser Massive Deckung bezog und ihre Rinde spüren konnte, dass die Riesen sich von etwas Luft so leicht verbiegen lassen. Nahezu alle dieser Bäume folgen in identischer Größe dem schmalen Sonnengrat, der von der Wolkendecke herabzubrechen scheint. Doch die kleinsten und schlankesten unter Ihnen, wenn man das bei wenigen Metern Unterschied behaupten dürfte, fliegen wie biegsam weicher Stahl regelrecht umher. Ihre Baumkrone liegt in Griffweite des Blizzards, der dankbar sich an Ast und Nadellaub heftet und wie verrückt die kleinen Giganten als Klanghölzer gegeneinander schlägt, um mit mächtig Lärm durch den Wald zu spuken.

Von einer kleinen schwarzen Gestalt wird er aus seinen Gedanken gerissen. Es scheint sich tatsächlich um einen seiner eher abtrünnigen Begleiter zu handeln. Dass sie ihr unschuldiges Weiß verloren, hatte er sich also auch nicht eingebildet. Etwas für seine Sinne zwischen dem Windpeitschen Unerkennbares scheucht das verschwimmende Geschöpf auf, wie es sowieso gerade vor der Rinde eines tänzelnden Stammes fast schon in der entfernten Schwärze verschwand. Es sah etwas aus, als würde der Baum sich dagegen wehren, dass die Gestalt an ihm werkelte. Anscheinend befestigte oder untersuchte Sie einen weiteren Zettel. Was dort genau vor sich ging, kann er nicht exakt deuten, zumindest hat die Figur ihre tätige Aufmerksamkeit einem kleinen Fetzen geschenkt, halbrund über die Rinde gebogen, wie die vorigen Schriftstücke auch. Um zu überprüfen, dass die letzten Zettel nun geradlinig in Richtung des neuen zeigen, dreht er seinen Kopf vorsichtig um, die Lider eng zusammengepetzt, damit der Blizzard ihm nicht die Sicht verbrennt. Doch er sieht die Zettel nicht. Zum einen verzerrt der Schneehagel die Sicht und verrührt das Schwarz der zurückliegenden Ferne mit einem wirbelnden Weiß, sodass seine Augen nichts anderes als graue Silhouetten vernehmen können. Zum anderen scheinen die Bäume sich erneut bewegt zu haben. Die Anordnung der Stämme, die aus dem Boden greifenden Wurzeln, das alles ergibt ihm keinen Sinn.

Nun liegen massive Äste auf seiner bestrittenen Marschroute und auch bis zur Grenze der Sichtbarkeit reihen sich Giganten auf dem Weg ein, als würden Sie ihm nachlaufen. Der Wind scheint die Bäume tatsächlich zum Tanzen zu bringen und seinen verwahnten Verstand gleich mit. Bevor er sich nun aber zumindest dem Zettel hätte nähern können, schaudert ihm ein allzu bekanntes Knacken über die Schultern. Über ihm in den Ästen muss sie wieder klettern. Hatte sie wohl keinerlei Probleme, zwischen den schwankenden Kolossen wie auf wildwütigen Stieren zu reiten. Eine kleine Stimme schreit diesmal hell durch den Blizzard, er wagt sich jedoch nicht, mit Kopf oder Leib umzudrehen. Eine gewisse Unruhe tritt in ihm hervor und trotzdem bleibt er wie gebannt an Ort und Stelle. Er fühlt diese fremde Lähmung, er hat keine Kontrolle über sich, über seine Gedanken und über seine taubvereiste Stimme, die er friedensbewahrend in die Situation einbringen müsse. Er hat sich vorgenommen, die Schwarzhaarige davon zu überzeugen, dass sich die beiden auf ihrer Reise helfen müssten. Die Stimme der Dame jedoch erhellt in diesem Moment lauter und selbstbewusster und schließlich so eindringlich, dass der Stillstehende leicht zusammenzuckt. Tödliche Erinnerungen haften an dem leisen, metallischen Klacken, das es zurückhaltend unter dem Mantel der Schwarzhaarigen versteckt schafft, an der lauten Frauenstimme und am rasend flüsternden Blizzard vorbeizuläuten und den Wanderer in seinem Wahn gefangen zu halten.

Kapitel 8:

Zwischen Lippen schlummert das Auge

us der Mädchenstimme seiner Verfolgerin setzen sich Worte in seinem Kopf zusammen. Als lieblichen Klang spürt er das Gesprochene, wie er es in der ewigen Abwesenheit jeglicher Interaktion vermisste. Trotz der lebensbedrohlichen Situation weicht dieses Gefühl, Worte in derartigen Klängen zu beseelen, mit verschränkten Armen vor seinen eigenen sprachunfähigen Lippen. Er will mehr von dieser Stimme hören. Tränen rollen über die verkrusteten Wangen und schneiden sich, vom Blizzard verbrannt, direkt in sein Wangenfleisch. „Weißt du, wie lange ich auf diesen Moment gewartet habe? Rate endlich!" Die Dame muss den tränentaub Verstummten anscheinend mehrmals und mit etwas kindlicher Ungeduld gefragt haben, als er nur eine menschliche Tonspur unter dem Windorchester gedrückt wahrnehmen konnte. Er dreht sich langsam und mit gebeugtem Kopf um. Wie erwartet hatte sie die Waffe bereits gezogen und auf ihn gerichtet, „Vorher warst du zwar anwesend, aber dann auch irgendwie nicht!", ihre Stimme zögert nicht, ihn aus seinem wohligen Gefühl schneller als erwartet zurück in den Ernst der Lage zu werfen. Ihre Augenbrauen rauen auf und tiefzornige Falten wechseln sich mit scherzhaften Blicken ab, „Was für ein Klischee... damals hattest du schon keine Zeit, wegen deiner Arbeit, aber dann, als es endlich soweit war und du dich hättest um deine Familie kümmern können? Da hast du gekniffen und deinen Frust in Alkohol ersoffen und mich hast du gleich mit in dein Verderben gezogen und jetzt sitze ich hier oben, aus Angst, weil ich weiß, dass ich auf ewig mit dir gefangen bin - willst du es mir dann wirklich verübeln, nach al-

lem was passiert ist, dass ich dich mit diesem" sie fuchtelt spielerisch mit der Waffe, höhnischen Bewegungen entschwingen ihren Armen, „für dich verbockten, alten Sack doch sowieso vollkommen nutzlosen Stück Metall.... ‚„ ihr Blick spitzt sich zu, sie lehnt sich weit nach vorne und presst ihre Worte in zynischem und nicht weniger abfälligem Unternton durch die Äste, „... hinrich..", ihre Faust ballt sich, zitternd führt sie sie über die Waffe, klopft zweimal am Schaft, sodass ein Klicken sanft durch den Wald schallt, und krallt sich dann mit allen Fingern unbeholfen um das Eisen, „...ich meine.... ‚aufrichte?' das trifft es doch eher oder? Dass ich dich dazu bringe, mir einmal ehrlich in die Augen zu sehen, nicht dieses heuchlerische, weichgewaschene, von Ausreden nur platzende Grinsegesicht. Ich habe keine Lust, dich im Schlaf zu erschießen, wie jämmerlich du doch vorhin dort lagst. Nein, ich will sehen, wie dein Blut kocht, wie Feuerodem dir aus dem Rachen schießt und du verzweifelt wie das Leuchtfeuer durch den Wald rennst, das du aus MIR gemacht hast!" Sie atmet halb seufzend, halb lachend aus, kneift die Lider zusammen und schüttelt abfällig mit dem Kopf, danach dreht sie ihn in den Nacken und schließt ihre Augen, zwischen Enttäuschung und Gleichgültigkeit verzweifelnd hadernd, um die Verwirrtheit des Wanderers erneut in einem ihrer tiefen Seufzer ziehen zu lassen: „Du hast absolut nichts dazu zu sagen?" Ihr Kiefer schiebt sich leicht vor, das Verhalten erinnert ihn schmerzhaft an die Begegnung mit der Gestalt kurz vor seiner letzten Todeserfahrung an diesem Ort. Wie eine Art Markenzeichen hat er diese Mimik nicht nur bei ihr und dem Geschöpf zuvor gesehen, etwas dämmert in ihm, aber zuordnen kann er in dieser Prekäre nichts Konkreteres seines panisch aufgewühlten Gedankenwusts.

Er muss schnell entscheiden und die Dame besänftigen, irgendwie muss er ihr zu verstehen geben, dass sie sich irrt, dass sie ihn verwechselt. Außerdem braucht er sie für seine Reise und sie wird ohne ihn sicherlich nicht den Weg finden. In dieser eiskalten Koexistenz muss der Wahnsinn zwar verlockend sein, da er den Freitod legitimiert, aber über diesen Punkt ist er hinaus, davon muss er auch die blasse Astakrobatin überzeugen. Seine Lippen spreizen langsam auf, trockener Speichel, der sich erst seit seinem Wandeln im Wald zumindest vom stahlklebenden Frost befreien konnte, klammert am Lippenpaar. Zäh ziehen Fäden in seinem winzigen Sprachwinkel, von dem er schon gar nicht mehr glaubte, dass er ihn auf dieser Reise oder überhaupt nochmal einsetzen bräuchte; seine Zunge erkennt altfeuchte Lippen als dürre Krusten, aufgebrochen und frostatmig geknechtet von der Flucht hinter dem Riss. Seine Gedanken rasen durch seinen Gaumen, klopfen an die wenigen unspröden Zähne, doch zunächst bringt er nur ein gebrechliches Husten hervor. Kurz bevor er die Kraft ergreift, sich zu erklären, vernimmt er einen weißen, figürlichen Schleier im Augenwinkel, wie dieser schnell durch den Wald huscht. Seine Aufmerksamkeit aber sollte er zunächst dringend der aktuellen Situation widmen. Er beugt sich vor, streift mit seiner intakten linken Hand durch sein Gesicht und nimmt die Pickelhaube von der Stirn, „bitte hören Sie junge Dame", „ACH, genau, okay! *Das* bin ich, und weißt du, was diese verwahrloste Gestalt am Boden dort sagt? Weißt du in welchem Ekel du dich da verkauerst? Ich höre nichts als feiges Schweigen, lächerliche Panik, aber nein... das ist nicht *meine* Angst!" Ihr Blick entschwindet in die Schwärze, sie schnalzt kindisch und beginnt mit der Waffe in ihrer Hand zu kreisen. Schnell aber findet ein tiefes, beängstigendes Starren zurück zum Verwirrten, „Du! Vor dir hast du am meisten Angst, und wegen dieser Angst musste auch ich mich fürchten!"

Die Schwarzen Haare fliegen, zuvor über den Rücken geworfen, durch ihr Gesicht, als eine starke Brise sie auf ihrem

Ast erfasst und eine arktische Eisturbine um ihren Mantel züngelt. Stahlhart presst sie mit scheinbar unaufhaltsamer Kraft gegen den Frostfuß des Windes, der ihr von oben herab die Waffe aus der Hand zu treten versucht, „Außerdem, die hier hast du schließlich schon im wahnsinnigen Ausdruck deiner Panik verschossen, oder?" Sie rückt eine leere Patrone eines Leuchtfeuers in seine Richtung. Er erinnert sich aber an keinen Schuss. Natürlich konnte dieser nicht aus *seiner* schmuck- und waffenlosen Hand abgefeuert gekommen, und hätte *sie* die Patrone verschossen, hätte er selbst durch den Schneesturm vom Ufer aus sicher etwas gesehen oder vielleicht auch gehört. Und wenn sie ihn so direkt fragt, den Schuss aber selbst verantworten würde, warum solle sie ihn weiter in seinem Wahn vernisten, seinen Realitätszweifel füttern? Schließlich zielt sie derzeit vor allem auf seine Aufmerksamkeit, im geduldigen Versuch, ihm ihre Ansprache zu verstehen zu geben. „Diese Patrone ist einfach typisch für dich…", schnell und etwas enttäuscht über seinen fragenden Blick, zieht sie die Hülse zurück in ihre Manteltasche, wo sie das Fundstück sorgfältig und mit nachträglich kontrollierendem Griff verstaut, „… du hast dich schon immer in deinen eigenen Träumen verrannt, wenn du eigentlich einen festen Stand im Leben hattest. Du hast das Leben um dich herum vollkommen aus deiner Sicht verträumt, dich fallen gelassen, bis du vom tiefsten Grund deiner Hoffnung heraus ein kümmerliches Signalfeuer hinaufpustest, das nicht einmal die Hälfte der Strecke hochschafft, die du gefallen bist." Kurz hält das blasse Gesicht inne. Die rehscheuen Augen füllen sich mit kalttrüben Tränen und die Hände der Verzweifelten beginnen an der Waffe zu beben, „Ich weiß sehr wohl, wie man eine Familie zusammenhält. Im Gegensatz zu dir verstehe ich nämlich, dass es dabei nicht darum geht, sie örtlich, sondern emotional zusammenzuhalten und nicht mit gekünstelter Liebe zu nähren, sondern dass", sie scheint einen inneren Schreikampf auszufechten. Sie würgt die Worte hoch, als wöllten Tränen auch aus ihrem Mund fliehen. Mit einem vollkommen entrüsteten Ausruf lässt sie die Waffe die Eiswirbel um sie herum scheiden und Tränen strömen über ihren aufgerissenen Mund, der den Bärtigen mehr an eine schreiende Wunde erinnert, „DU hast gesagt, ich wäre *dein* Anker, doch wusste ich nicht, dass du damit meinst, mich wegwerfen oder fallen lassen zu müssen!" Er ahnt, sie würde in wenigen Sekunden aus ihrem Affekt handeln. Langsam also bewegt er sich in sehr kleinen und behutsamen Schritten auf den Baum zu, auf der die Schützin ihre Tränen vergießt. Die Hände nach oben gerissen und im Versuch, der Schwarzhaarigen gut zuzureden, blickt er der jungen Dame tief in die Augen. Im Bann des Augenkontakts, erhellt die Iris und aus dem Blick, in dem er zunächst das Feuer ihrer Frustration zu lodern sehen dachte, spiegelt sich das Inferno der Signalfeuerwaffe. Durch das Astgestrüpp blitzen die Strahlen einer großen Feuerkugel, als gähnte die Sonne in die Waldschwärze, um von Erlösung und Auferstehung zu berichten.

Seine Gedanken drehen sich nicht um das Schicksal, mit dem er sich sowieso nun wieder abfinden müsste. Er ist ganz bei dem Anblick des flammenden Schauspiels, der Brunst, die blendend über ihn hereinbricht. Taube Arme erwarten, hastig greifend nach einem Lichtstrahl, die Wärme der glühenden, rotspeienden Kugel. Feuerschlingen legen sich um seine Schulter, tiefer Brand umarmt sein Herz und im Schließen seiner Augen, kriecht die Waldluft als duftendes Aroma in seine Nase. Feuerfigur drückt sich an ihn, flammt auf und schwingt sich um seinen Kopf. Immer schwärzer verschwindet das Licht, immer schwächer ebbt sein Atem, doch umso stärker heizen skizzierte Erinnerungen;

Die kleine Puppe thronte sicher auf den Schultern ihres Patrons, der mit seinen starken Händen schützend ihre Arme unter seinen Bart zog. Sie liebte es, mit den Fingern in der Männermähne zu graben, während seine Pranken sie zügelten. Schwerer Atem kroch dampfend aus seinen Nüstern und strich ihr über die rosigen Wangen.

Mit gewaltigen Schritten bürstete er durch den Waldboden und Laubgischt strömte um seine Füße.

Sie bewunderte den Wald, er spielte immerzu für sie; Ihr Beschützer besang das Wandern und der Wind stimmte mit ihm ein, legte rauschende Strophen unter sein Brummen und läutete die raschelnden Baumkronen.

Wenn das Mädchen mal nicht auf dem strengen Kopf schlief, grinste es darüber hinweg und tauchte fasziniert die braunen Äuglein ins leuchtende Blättermeer, aus dem unzählige Bäume zum Himmel stalagmierten.

Die Kleine hätte sie wohl gerne alle bereist, auf ihnen mit Vögeln gesungen, mit Hörnchen geklettert und auch mit Ästen gefochten. Daher war das Kind etwas bedrückt, wenn der Bärtige so schnell stampfte. Sie wollte sie alle sehen; Jeder Baum war eine Landschaft für sich, die ohne die Kleine ganz allein vor sich hin inselte.

Und das wusste der große Mann, sie hatte es ihm bei jedem Marsch zugekichert.

Diesmal also hielt er inne und seufzte tief, sodass sie kurz auf seinem Nacken schaukelte. Schwunghaft zog er sie über seinen Kopf und hielt sie vor sich. Große braune Augen, die sonst hinter brummender Schwärze sitzen, lächelten das Kindergesicht an. Der Bart flüsterte ihr zu; „Bei stürmischer See sollst du mein Anker sein!" Sie kicherte, nunmehr er sie neben sich stellte, die Pranken fest mit ihren kleinen Hände verkettet.

Laubgischt schwappte über die Mädchenfüße, die da freudig durch die Blätter wirbelten; Blätter, die seine Liebe rotmusternd beschrieb – schwarzes Laub mit grünen Spitzen, herabfallende Nadeln, die durch die Feuerkrone blitzten. Pink erstrahlt der Boden im Glanz entflammter Erinnerungen. Seine Finger krallen tief in den scharfkörnigen Eisstrand. Ein betäubendes Brennen zieht durch seinen rechten Arm und er spürt, wie auskühlendes, starres Leder sich in seinen Handballen drückt.

Kapitel 9:

Entdeckt die Erfindung des Rads

Null Schritte – in jedem Moment fliegt ihm diese Zahl durch den Kopf, als er im auskühlenden Schnee in seiner Kuhle versinkt. Mit offenen Augen starrt er der Wolkenfront entgegen, aus der viele kleine Sturmröhren entsprießen, wie Gewehrhälse, die aus den Feindesgräben blitzen. Null Schritte – so weit ist er nun wieder gekommen, nachdem er seine Lage erneut über seiner Blutspucke realisiert. Diese Erinnerungen, buchstäblich in seinen Kopf und als Phantomschmerz in seinen Hals eingebrannt, bezeugen ihm die Wirklichkeit. Sie fühlen sich viel zu ernst und zu real an, als dass es sich um Traumfragmente handeln könne. Der Franzose würde zu diesem Wahnsinn wohl „remnant" sagen, der Gnadenstoß dieser unwirklichen Welt? Sollte dieser so weiter gehen, wäre es eher unsägliche Folter.

Auf sein Abschweifen reagiert der nach kurzem, auswürfigem Aufrichten erneut Liegende mit einem breiten, wenn auch verzweifelten Schmunzeln. Die dichten Augenbrauen rücken zusammen und bekleiden seine eingefallenen Lider, denen klebrige Tränen entperlen. Mit seiner Rechten wischt er sich hastig über das Gesicht, ein Seufzen entweicht ihm unaufhaltsam, presst an vereisten Lippen hervor. Und nachdem er für einen Bruchteil dieses ewig wirkenden Moments versucht, weiteres Schluchzen zu verhindern, entströmt seiner kaltgeschwiegenen Kehle heiß zundernder Atem. Sein Körper brennt, schwitzt und Tränen kochen über seine spitzen Wangenhöhlen. Der Wahnsinn scheint ihn zu übermannen, so fühlt er. Er wälzt sich in seiner Kuhle, um den Frost mehr als die feurige Trauer zu spüren.

Doch ihr ergeben, artet sein Wälzen in einem Heulkrampf aus. Seine Pranken ballen sich zu Fäusten und ungehemmt schlägt er sich den Helm ein. Als dieser in das körnige Eis rutscht, wallen seine verkrusteten Haare auf und er beginnt fest an ihnen zu ziehen. Stück für Stück entreißt er grobe Strähnen. Seine Zähne fest verbissen, zuckt er mit der Brust und stößt heißen Atem zwischen ihnen hervor.

Womit hat er diese erstarrende Hölle verdient? Erst wird er von einem unwirklichen Riss über den Ozean gejagt, verliert seinen Verstand und jegliche Erinnerungen an sein Leben und seine Aufgabe, und dann trifft er den gefallenen, räuberischen Engel. Nun ist er in einem seelenlosen Oblivion gefangen, irrt zwischen wandernden Bäumen und trägt das Leid seinen bröckelnden Gedankenberg hinauf, nur um von dort in Brand gesetzt zu werden und erneut an seinem Fuße zu erwachen. Es ist vollkommen irrelevant, in welcher Realität sich sein Kampf ereignet, er durchlebt und durchdenkt ihn und er wird sicherlich daran zerbrechen. Wenn er doch seine Reise schon am seidenen Faden der Kräfte und seines Verstands beschreitet, so könne er nicht in der Hölle dieser feuereisigen Ewigkeit existieren, darin zwischen Tod und Leben springen.

Selbst das Sterben also ist nun kein Ausweg mehr für ihn und an dieser letzten Kontrolle hatte er sich bis jetzt immer geklammert. Er hat mittlerweile so viel Leid, so viel Frust auf sich genommen, für ein Leben, in dem er selbst doch so fremd ist. Wofür genau kämpft er sich also durch? War es mehr als ein instinktiver Drang, zu überleben? Die Gestalten haben sich gegen ihn gewandt und nachdem er beschloss, den langhaarigen Todbringer zu retten, hat sie ihm jede noch verbleibende Hoffnung in Feuer und Blut entzweit.

Leise rauscht der Wind zwischen seinen offenen, zur Hälfte im Schnee und in Gefriertränen versunkenen Haaren. Hat das stürmische Naturgetüm ihn nun, obwohl ihn sein Blizzard vermutlich erst im Wald erwartete, nun endlich an der Küste erreicht. Im Gedanken an das ruhige Schwarz, das verlockende Waldaroma und ein Funken Grün am Boden, taut sein Herz etwas auf und brennend kalte Tränen weichen zurück. Sein Körper hört auf zu beben und seine Gedanken bringen sich in Einklang mit den schwerelosen Klängen des Windes, wie er kleine Flocken über dem liegenden Gesicht zum Tanzen bringt. Seit einer Ewigkeit nun müsste er hier unter dem Schnee liegen und die Wanderin rastet erwartungsvoll hoch oben auf ihrem Ast – das verkehrte Spiel zwischen Fuchs und Rabe, eine Welt, die auf dem Kopf zu stehen scheint, in der die Gesetze der Natur bloß als Glasfassade das eisozeanisch undurchschaubare Chaos innen zu halten vermögen. Wobei in diesem Schimmer von Welt mehr Glanz der Hölle auf ihn durch die trügerisch idyllischen Wolken herunterbricht, er sein Leben von einer kalten Böe in erinnerungsschwaches Leidmarschieren zusammenfasst. Die wenigen Gesetze einer leeren, kalten Natur erscheinen ihm so unwirklich. Keinen Ort, den er jemals hätte begreifen müssen, verbrennt in vollkommen vereister Leere, die gähnend und formlos den Horizont mit vollkommener Ungewissheit ausfüllt. Verrenke er seinen Kopf zum Ozean, so sieht er das, was er bis vor den letzten drei Malen seines Erwachens durchweg zu durchschreiten hatte; auf einer weißen Leinwand, rund über eine Walze gespannt und wie in einem Hamsterrad, zeichnet ein Künstler seinen eigenen Weg, um ihn dann in aufgesetzter Überraschung vor einem stummschattierten Publikum zu betrachten. Auf der Leinwand des Wanderers sei dann durchaus ein Spurengebilde zu erkennen, die Farbstriche wären nur weit zerstreut, in eintönigem Blau verschmiert und von vielen aufgebürsteten Sprenkeln und weißem Rauschen versehen.

Ein betörendes Pfeifen dröhnt durch seinen Kopf, wieder

beißt er die Zähne heftig zusammen, sodass ihm die Zahnwur-
zeln in den Kiefer zu schleichen scheinen. Er reißt an seinen
Haaren, wälzt sich im Schnee. Die Kälte unter seinen Schulter-
blättern fühlte sich bis eben noch an wie ein kühles Bettlagen
und nun spannt es aufgeraut als Nadelbrett aus kleinen Eisdor-
nen, die sich mit jeder Drehung durch seinen Rücken bohren.
Nachdem ihm bei seinem letzten Erwachen kurz noch Bilder
von einer Waldwanderung mit einem kleinen Mädchen durch
den Kopf schossen, platzen nun Fantasien über einen rustikalen
Holztisch herein, an dem viele unterschiedliche Maschinen stehen. Wieder schaukelt ein Mädchen zwischen seinen Pranken,
wieder flüstert ein Stimmchen unter dem Sommerwind, der mit
heiterer Brise den spielerischen Griff zwischen Holz, Leim und
Rädchen anleitet. Kleine Augen wachsen in freudeweckendem
Sonnenlicht groß über ihre Wimpern hinaus, wie diese mit der
Anmut von Schmetterlingen durch das Staublicht fächern. Warme, haarige Hände schmeicheln den neugierigen Fingern. Wie
ein jahrtausendalter Strom, geschmiedet aus immer frischen
Wolkenerzen, und Täler ausschleifend, so formen Pranken gemeinsam um Kinderhände die hölzernen Stängchen. Das Finger-
paar setzt ein breites Rad zusammen, ähnlich dem einer Minia-
tur-Flussmühle, vielmehr ein Spielzeug. Sandende Späne
schwappt über den Holztisch, Staublicht erhellt in dessen Rie-
seln als kühles Ufer und orange Sonne verwandelt die Werkstatt
in eine warme Landschaft aus Strand und Herzlichkeit.

Das Mädchengesicht lacht, schwarze lange Seidenschwin-
gen fallen von ihrem Kopf herab und ein silbriger Schimmer
tanzt fliegend über sie, als die Haare zwischen Staub und Licht
aufspringen. In der Ferne des Raums sitzt ein Bild von einer zy-
lindrischen weißen Maschine, die kleine Flügel zu beiden Seiten
ausfährt. Die eine Pranke richtet vor einem großen, brummigen
Lächeln und zwei ihr nahen kichernden Kinderaugen einen hü-

tenden Zeigefinger auf und fährt vom Holztisch aus von der Fotografie bis hin zur Decke, wo der Finger von dort aus in einer kreisenden Bewegung ausläuft. Die Kinderhand versucht ihm großartig nachzuzeichnen, aber fuchtelt durch den Staub, sodass kurz darauf ein leicht hustendes Lachen aus dem kleinen Mund schießt.

Immer größer flammen die neugierigen Augen auf, springen achtsam zwischen dem Bild, dem kleinen Holzrad und dem flaumigen Bärtigen über ihnen hin und her. Gerne würden sie wohl weiter über den Horizont der Werkstatt hinaus reisen, da ihr Augenlicht sich mit dem Staubschein zu mischen beginnt, der durch das kleine Fenster hin die viele Späne am Boden umarmt. Späne, die nicht nur von dem Rad stammt, sondern abgenommen von zahlreichen Formen und Maserungen durch den Raum flog.

Schweißperlen laufen dem ungetümen Riesen über die Wange, der stämmig in seinem Nüsterndampf erscheint, doch für die Kleine wie ein sicherer Fels gemeinsam mit ihr auf dem Boden verweilt. Zwischen seinen Beinen umschlingt er das spielend zappelnde Mädchen, da die kleinen Füße ungehorsam über Tische und Maschinen rennen würden. Die Kleine zwängt sich zunächst mit aufmerksamen Augen durch den Schlitz, den die Männerarme um ihr Gesicht legen. Nach einem ungleichen Kampf taucht sie zwischen seine Knie, um sich von dort zu befreien. Der Flaumbärtige brummt unter ihrem Kichern. Nachdem die Kleine angestrengt und halb erschöpft mit dem Oberkörper unter seinen Armen liegt, lässt er das Mädchen aus seinem klammernden Griff gleiten.

Schnell auf den Rücken gedreht, liegt die Kleine nun zwischen den Lederlatschen des Handwerkers. Von dort aus liest sie die vielen kleinen Holzspäne, die über ihrem Gesicht und über dem Boden schweben. Wolken aus Staub fliegen angemalt von

warmer Sonne über die Stupsnase und allmählich schichtet sich
der Spanfall um die schwarzen Haare, als würde er an eine kleine Insel angespült. Wilde Milchzähne schnappen durch die Luft
und die Kinderkehle prustet eine magmarot erstrahlte Staubfon-
täne durch den Sonnenschleier. Sie spürt die Sonnenhand, die
behutsam über ihre Stirn wandert. Sie spürt schwere Finger, die
von ihrer Nase herunterrollen und ihren Wimpernkranz aufbrechen, um sanft im Blickteich ihrer Augen zu rühren und mit ver-
zauberndem Kreisen einen tiefen Schlaf über ihre Welt zu legen.
Als der Kinderhimmel dämmernden Sonnenglanz als müdes
dunkelrot zusammenfaltet, entströmt dem bartgespaltenen Wind
ein ruhiges Brummen. Er beschwörte seinen Schlafzauber in
harmonischen Reimen, sodass die Kleine bald zwischen den
Holzflocken einzuschlafen beginnt. Ein dezentes, ungewohntes
Aroma von reif gelagertem Brand schwimmt durch die staubige
Luft und erreicht die Kinderstirn als feuchten Kuss, der ihre müden Mundwinkel bis in den Tiefschlaf verzieht. Am Morgen
wieder gleißt weißhell die Sonne über die scharfgehobelten Späne, die von unruhigen Pranken und schwer keuchendem Atem
durchgewirbelt tanzen. Angstverklebte Lider brechen auf und
spüren die vielen Brandflecke, die der weiße Staub und seine
frostende Messerspäne auf Haut und Leder hinterlassen. Män-
nerpranken wühlen in ausgewachsene Bartmähne, wo vorher
nur in Gedanken wächserner Flaum wirbelte. Eis und Schnee
reiten lautstark über offene Augen, Wolkenlagen zeichnen einzig graue Flecken in das undurchsichtige Weiß und drohen mit
immer stärker versenkendem Schneefall. Als er noch halb in Erinnerungen träumend nach dem kleinen Mädchen sucht, entdecken die schwer zu trennenden Sehschlitze eine schwarze, ovale
Sichel in der Entfernung seiner aus der Gedankenwelt ausgebro-
chenen Augen. Eine der erkälteten Pranken, die geisterhaft noch
Holzspäne auf abgefrorenen Armhaaren zu spüren glaubt, rast

über die ungläubige Grimasse des Verwirrten.

Der Wanderer erwacht aus seiner Wahnentfremdung und springt von der Rückenlage auf alle viere. Sein Blick hechtet durch den Blizzard, der nur grob den Umriss der Waldfront zu ihm durchlässt. Ganz deutlich aber erkennt er die schwarzhaarige Gestalt zwischen der ersten Baumpforte. Seine verschollen oder arglistig lauernd geglaubte Begleiterin scheint den Alten aus der Ferne her zu mustern. Jede seiner zögernden Bewegungen löst in ihr eine gewisse Unsicherheit aus. Bewegte er seinen Arm ruckartig nach hinten, zuckte sie, als wäre es ein Ausdruck ihrer Überlegungen, in welche Richtung sie aufbrechen müsste, würde der Bärtige zur Flucht aufstehen.

Sie beginnt, langsam auf ihn zuzugehen, die klamme, nach unten geöffnete Haarsichel an ihrem Kopf weht durch den Wind, als ihre schwarze Kontur sich vom trüben Waldhintergrund ablöst und immer näher auf das Ufer zumarschiert. Für den Schwachliegenden bedeutet die Annäherung sicherlich ein weiteres Gespräch oder den direkten Beschuss. Als Soldat fühlt er sich leer, unnütz, wenn nicht sogar verraten, ganz ohne Waffe im offenen Gegenüber mit dem Feind. Übermannt von Treuglauben an einen Eidschwur, den er seinem Land und seinem Dienst gegenüber abgelegt hatte, verdrängt er das Fantasieren über die Holzwerkstatt. Ihm dämmert, seine Visionen könnten ihm im Umgang mit der Soldatin helfen, also stützt er sich keuchend auf. Eine Schneeraupe löst sich aus den Falten seiner Hose wie seines Mantels und verfliegt im Tosen des Blizzards, der mit ungetümem Lärm die Spannung zwischen den beiden dunklen Gestalten auf dem langen Küstensprung zu schlichten vorschlägt.

Der Wanderer breitet seine Arme weit aus und winkt der Schwarzhaarigen zu, sodass ihn die Szene stark an seine erste, doch nun verkehrte Begegnung mit der schneeverwehten Kontur erinnert. Die beiden Soldaten spiegeln sich schließlich also an diesem ewigen Küstenspiel.

Kapitel 10:

Die Welt sieht ihre ersten Kriege

ild fuchtelt die auf den Wanderer zurennende Vermantelte mit ihrer Linken, zieht etwas aus ihrer Jacke, das metallisch warnend durch den Eissturm blitzt. Da es ausschließlich die Signalfeuerwaffe sein musste, die nun erneut gegen ihn erhoben ausgerichtet zielt, lässt er die Arme zu beiden Seiten fallen. Sie meinte in seinen Erinnerungen noch, es wäre ihr selbst ein Gewissensriss, wenn sie ihn am Ufer hilflos erschieße. Da sie sich von seinem Erwachen und seiner Reghaftigkeit überzeugen konnte, verblasst nun das Spiel von Fuchs und Rabe und läutet das aggressive, stumpfe Treiben von Katz und Maus ein. In diesem Fall aber schlängelt sich die Maus mit ihrer eigenen Falle auf dem Rücken auf die Pfoten der Katze zu. In Verzweiflung und im auftauendem Überlebensrausch, dreht er sich von der Zielroute der Wanderin ab. Er beginnt, langsam entlang des gefrorenen Küstenstroms auszuweichen.

Um sich von der annähernden Bedrohung abzulenken, beobachtet er die gefrorene, sonst insellose Weite. Zum ersten Mal scheinen ihm aufeinanderprallende Ozeanplatten aufzufallen. Warmes Wasser aus den Tiefen der Unterwelt werden aus dem zuschlagenden Spalt hervorgepresst und vereisen direkt an der kühlen Luft als aufmauernde Kruste um die beiden Plattenkanten. Sicher aber fühlt er sich nicht, sodass er seinen Blick hinter die Schulter wirft. Sein Mund sperrt auf, als er bemerkt, in welch rasendem Tempo die Frau auf ihn zu rennt, während sie diagonal über den Kustensprung hechtet, sodass sie ihn auch abpassen könnte, wenn er nun selbst zu rennen begänne. Sie ist berechnend, doch er wolle nicht erneut Flammenodem in den Blizzard speien. Trotz dieser ausweglos verbauten Fluchtpläne, nimmt er seine Beine in die Hand und rammt die Knobelbecher mit jedem Sprungschritt in den Eisstrand. Wie plötzlich hatte er sich aus seiner Selbstaufgabe befreit und rennt nun wie ein Windhund über das trostlose Weiß. Eine fast schon unwirkliche Entscheidung, wie diese für ihn im Rückblick erscheint, aber sein Überlebensdrang, genährt von einem verzweifelten Gewissen, mit dem er versucht, seine eigene Identität zu enthüllen, dominiert den Erlösungswunsch.

Kraftvoll schwingt er sich von dem relativ flachen Küstenabschnitt auf einen steinig verfrorenen Untergrund, an dem der Ozean in stürmisch aufbauenden Wellen das Land überfroren haben muss. In stolperndem Rennen, überschlagen sich seine Beine. Gehetzt davon, den Kopf ständig über die Schulter zu werfen und zurück auf den vor ihm liegenden Fluchtweg zu richten, schleicht sich eine leichte Übelkeit ein, die auch sein Adrenalinstoß nicht zu bremsen hält. Seine Jägerin scheint ihn nunmehr schneller zu erreichen als angenommen. Vielleicht liegen gerade einmal 30 Meter zwischen den beiden. Zeit und Gedankenkraft, um aus Schritten Abstände zu messen und den Weg zu bezählen, bleibt ihm aktuell nicht. Er richtet seinen gesamten Fokus darauf, den Versuch der Frau zu beschränken, seine Flucht im Zickzack einzuschneiden – er muss ihren Sprint dringend in ausdauerndem Fluchtkontern ersticken. Aufgrund ihrer unversehrten Kletterfähigkeiten, vermutet er, dass ihre allgemeine Verfassung und Trainiertheit, trotz ihres Zusammenbruchs, bedeutend besser erhalten ist als seine. Wenn sie ihn also einholen sollte, was er nur schwer verhindern kann, so sollte er doch versuchen, seinen Überlebensdrang gegen ihre Mordlust zu motivieren und seine Kraftreserven vollends auszuschöpfen. Vielleicht würde er auch vor dem Brandtot an einer Eislunge oder an Erschöpfung sterben. Zumindest gäbe es für ihn die

Option, sich zunächst tot zu stellen, nachdem er durch Überanstrengung zusammenbricht und einen ablebigen Anfall statt bloßer Schnappatmung simuliert.

Er meint, in diesem Moment die hohen Stiefelschnitte der vergelterischen Jagdgehetzten durch das von seinen sprintgetriebenen Ohren amplifizierte Blizzardpeitschen hindurch zu hören. Es schallt so hoch, als würde sie den Boden gar nicht berühren, sondern fliegend schnell über den Schnee galoppieren. Immer schriller beißt sich die Eispeitsche und das Flugstiefeln in seinen Verstand.

Immer schneller sieht er dem Tod ins Gesicht und wie der Sauerstoffmangel in der kalten Luft, die an ihm vorbeirennt, einen weißen Rand um seine Sicht frisst. Der Kontrast zwischen Wald und Ufer bricht auf seinem Sichtfeld schon fast auf eine in Schwarz und Weiß geteilte Leinwand herunter, sodass er nur schemenhaft mitbekommt, wie dieses Bild von weißen Sprenkeln zerberstet wird: Nicht der Sturm, sondern ein lautes Baumstammtrümmern reißt eine Schneise in die Waldfront. Etwas Mächtiges, so stark, dass die Splitter zwischen das in einer Verfolgungsjagd verkettete Pärchen schießen, brettert unaufhaltsam durch die Baumreihen. Erschütterndes Baumstammfallen lenkt die beiden Rennenden für einen Moment ab, sodass sie *beide* fast über die Holztrümmer auf ihrer Strecke stolpern. Wie als würde die Zeit auf seiner Flucht nun noch langsamer vergehen, blickt er dem riesigen Geschöpf hinterher, wie es scheinbar selbst vor etwas zu fliehen strebt und dabei recht elegant unter herabsinkenden, gigantischen Bäumen umherspringt. Es erinnert ihn aufgrund seiner silhouettenhaften Form etwas an die halbdurchsichtige Schleiererscheinung seiner sechs Begleiter. Zumindest zieht sich diese über den gesamten Körper der Kreatur, Augen oder markante, wie andersfarbige Merkmale könnte er nicht erkennen. Ein wenig assoziiert er das Wesen wegen seines länglichen Umrisses und der weißen Mähne mit einem mindestens sechs bis acht Meter großen Löwen oder aufgrund der vorderen Muskulatur und der Gelenkform vielleicht auch mit einem Gorilla.

Nachdem das verjagte, aber durchaus gefährliche Biest in Richtung des anfänglich sicheren Rastplatzes der Verzweiflung entschwindet, glaubt er den wohl einzigen für diese Kreatur gefährlichen Feind zu erspähen; zwischen den stürzenden Baumriesen tauchen viele kleine schwarzhaarige Menschenformen auf. Allesamt werfen kleine Stäbe oder Speere nach dem Biest und brüllen dabei laut gegen den Sturm an. Dabei entsteht ein klarer Klang, einer Sprache ähnlich, als wären es die Einheimischen, die sich daran gewöhnt haben, unter dem Geräuschmuster der Blizzards zu sprechen.

In einem unglaublichen Tempo setzt der eine Gruppenteil seine Jagd hinter dem gewaltigen Schneewesen fort, der andere bemerkt die ufernahe Hetze zwischen den Soldaten, sodass einige der Speerträger in übermenschlicher Geschwindigkeit auf das Vergeltungspaar zusprinten. Die schwarzhaarige Verfolgerin schreit halb aus Panik halb aus Rachewahn und dreht sich hechelnd aus ihrem Sprint, bremsend durch den Eissand rutschend, zu den neuen und sicherlich talentierteren Jägern. Ihre Waffe richtet sie zielbewusst und in einem unverbesserlichen Anvisieren auf das Zentrum der fünfköpfigen Speerkampfgruppe. Ihr Blick und Hals aber verrenkt sich unkontrolliert und zuckend zu dem mit zunehmendem Vorsprung fliehenden Soldaten. Sie krallt sich fest in das Eisen, Tränen quetschen sich in die Zornfalten um ihre Augen.

Des Fliehenden genaues Zurückblicken erahnt zudem einen zunächst schmalen Eiswind, der sich in dem verlangsamten, energetischen Moment als nadelröhrige Sturmböe ankündigt und dann im Bruchteil als kaltweißer Schleier die Realität umreißt; die Schwerelosigkeit des Moments bricht auf und in Echtzeit entfacht das Chaos zwischen den drei Fronten einen Kriegsschauplatz. Zwei der fünf einheimischen Fremden scheren erneut aus ihrer Gruppe und richten ihre Speere auf den Flüchtigen mit Helm. Eines der angespitzten Geschosse pfeilt auf ihn zu, nachdem der Krieger es im Laufen mit einer dem ausweichsprintenden Soldaten unbekannten Wurftechnik auf Katapultgeschwindigkeit beschleunigte. Doch weder Speer noch Eissturm würden den vereisten Verstand unter der Pickelhaube nun in bitterem Verderben trösten. Mit einem Ruck, schleudern kaltpeitschende Windarme den Flüchtenden wieder durch den Himmel und erretten ihn bittersüß für einen Kurzflug aus dem chaotischen Uferkrieg – bis zu einer eher unsanften Landung, die sich bei der bereits zurückgelegten Höhe des Fliegenden ankündigt. Die Stürme haben sich im Eifer dieser Szene wohl eine besondere Strafe für den Wanderer überlegt. Immer höher hebt er mit der starken Luft ab und in einem kurzen Moment seiner rasanten, einachsigen Drehung nimmt er einen letzten leuchtenden Eindruck des Kampfgeschehens unten am Boden auf: Seine Verfolgerin feuert ihren vierten Schuss ab – technisch gesehen, da sie drei der leeren Hülsen einer anderen Begegnung zu verantworten hatte. Das Signalfeuer brennt zwischen den Speerkriegern und erschafft in seinem verzerrten Sichtfeld ein Bild, das aus der fortgesetzten, schwindelnden Drehung des Bärtigen wie ein Blutfleck auf einer genähten, aber aufgerissenen Schnittwunde entfacht. Nochmal sollte er das Bild nicht deutlicher umreißen können, da er vom Wind so weit in den Himmel gerissen wird, dass der Boden unter ihm in trübem Weiß verschwimmt und der Wald nur noch an dessen im Sturm schwankenden Kronenspitzen erkennbar ist.

Der Wanderer und sein Körper bereiten sich auf eine tödlich ebene Landung vor oder darauf, von den Kronen des Waldes aufgespießt zu werden, sobald die Sturmklauen Halt am Fliegenden verlieren. Kurz verbringt er in einem Zustand der Schwerelosigkeit, in dem offene Augen die Unendlichkeit des weißen Gefängnisses um ein ewiges, verblasstes Grau in der Entfernung erweitern. Von dieser Höhe aus ist er den dunklen Flecken in den Wolken, die er noch nach seinem am Ufer aufgeschlagenen Zusammenbruch bewunderte, näher als dem Horizont des sichtbaren Ozeans, obwohl er von dort erst vor kurzem gekommen war.

Und doch verteilt sich die Wolkenmasse wie dicke Luft als nebelhaftes und gleichmäßiges weißes Kleid. Keine besonderen Formen, keine Graumuster, kein Schnee fliegt hier oben um seinen Kopf. Unberührte Einsamkeit schließt den Wanderer wie einen in den Himmel geworfenen Kieselstein ein. Ein Gedicht entfacht in der stummen Gedankenbrunst, die den wolkenwandernden Verstand durchströmt und singt ihn sanft in Schlafstimmung, in der schemenhaft die Worte an siedend nebelnder Form zunehmen;

"Steine in den Himmel werfen?
Sie werden wohl nicht Himmel werden,
Sie werden nicht fliegen,
Kein Wolklein wiegen;

Sie werden niemals Atem sein,
zeugn' kein Lied, gebärn' kein Reim,
Doch im Winde summen,
Am Höhepunkt verstummen.

Und dann kehrt die Umkehr ein,
Wie ein Hieb, holt sie heim.
Wollten nur mit Wölkchen schaukeln
Doch stürzen und pauken.

Worauf sollten wir nur gehen,
Wenn ein Stein im Himmel lebe?
Was nur sollten wir ersehnen,
Wenn es keinen Fall mehr gäbe?

Luft darf niemals Schlösser bauen,
Doch Schwarz und Braun wird niemals blauen!"

Zwischen Reimen und unerfüllten, plötzlich eindonnernden Erinnerungen an eine wüste Vergangenheit in den Schützengräben Frankreichs, hört der umwölkte Himmelsgast das stürzende Läuten des Windes wie Fliegerbomben ihn mahnend. Eine schrille Stimme ertönt und presst sich zwischen den bogenartigen Lippen des Wolkenkleids empor, um das sich ein Gesicht ausformt. Er glaubt, eine Frau darin zu erkennen, deren Wangen von dem Leuchtfeuer des flüchtenden Treibens unter ihm erzürnt aufflammen. Sein Sturz fühlt sich nunmehr an, als könnte er aus einem ausgepolsterten Sarg erwachen und schwerelos in die Arme dieser Frau gleiten. Doch ihrem Mund entströmen düstere Schwärme aus aufgepeitscht federnd und schrill brüllenden Vögeln, die sich wie Tentakel zwischen den Wolken winden. Seine Sicht zerlegt sich in scherbende Wolkenstürme und dem idyllischen Todesflug entbricht eine ausnüchternde Eskalation seines Leidwahns; der Wolkennebel stimmt sich rasch in ein verschluckendes Schwarz, das in sanfter Ferne vor lauter Federnetz in den letzten hindurchgreifenden Lichtstrahlen glitzert. Doch nachdem das Licht verstummt – seine Sicht vollkommen himmelsfrei verschwärzt – umrandet ein zögernder Grauton ein plötzlich erscheinendes Hamsterrad, aufliegend in aufgebrachten, zarten Händen. Das Grau der Hände zittert unter den Tränen, die wie Hagelnadeln auf das dunkle Holz prallen. Die Kontur der Szene beginnt, sich in wirr verlaufenden grauen Fäden aufzulösen und sich stranghaft zu verteilen. Die Hände springen zu den Seiten des stürzenden Sichtfelds und straffen das Fadenfliegen, als hätte sich die Kontur des grauen Bilds in angespannte Sehnen verwandelt.

Schwer wie eine Decke umschnürt den Schwebenden das schwarze Wolkenbett und über die um ihn straffen Schnüre rollt ein kleines gläsernes Objekt, in dem das fast ausgebrannte Leuchtfeuer, von der Uferkriegerin verschossen, sich versteckt haben musste. Denn durch grün schimmernde Wände befeuert ein hell rotes, doch schwaches Licht die glänzenden Federn der Vogelwolke in umhertanzenden Lichtstrahlen. Mit einem Ruck straffen die Hände die Seile und wie aus einer Armbrust schießt eine rotflackernde Grünflasche auf des Wanderers Gesicht zu.

Kapitel 11:

Der Glaube übernimmt die Hand

ein Gesicht entflammt in einer stechend warmen Moosschicht. Ruckartig richtet er sich auf, all den Schmerz in seinen Gliedern abrechnend, und wahnverschmerztes Gebrüll entweicht seinen aufgeschwemmten Lungen. Saftges' Grün und heißer Geysirdampf erschaudert unter der kreischenden Manie des Gestiefelten. Sein Ausbruch verliert sich in der verheißungsvoll dampfenden Atmosphäre der Lichtung, in der er gelandet sein musste. Doch der Himmel zeigt sich hell und klar, die Wolken säumen kreisrund wie eine Aussparung um der Lichtung angrenzenden Bäume.

Scheinbar allen Schmerz vergessend, zückt er seine Pickelhaube, die von der um die Grasfläche angrenzenden Schneegischt glanzpoliert aufgefangen wird. Seine letzten Nahtodsequenzen erscheinen ihm gerade deutlich unrealer, traumhafter und vielmehr wie eine spürbar wahrwerdende Vision, aus der er eher plötzlich erwachte.

Bei all der Selbstüberzeugung hatte es für ihn doch nicht gereicht, um sich von diesem psychotischen Fall aus den Wolken resistent zu erholen; glaubte er kreuzdenkend, das Muster dieser Welt entschlüsselt zu haben, durchlitt er soeben womöglich einen unbalancierten Ausbruch düsterster Magie – anders kann er sich diese kosmische Entartung nicht erklären.

Von den Schläfen herab, breitet sich ein ernsthaft stechendes Kribbeln aus und er spürt, wie die verfroren erhärtete Muskulatur um seinen Kiefer und in seinem Nacken steif anspannt. Bittersüß breitet sich die Wärme über seinen Körper aus und er be ginnt, seinen Tastsinn ungläubig zurückzugewinnen.

In seinen Händen spürt er einen Gegenstand kleben; die grüne Flasche hatte sich nach dem erkaltenden Flug in seine Haut geschmolzen. Zimperlos und mit wahnsinnig enttäuschter Miene reißt er das Glasgeschoss von seiner Handfläche. Seine Lippen breiten sich trichterförmig und in verstörtem Grinsen in seinem Gesicht aus, er rümpft die Nase und reißt seine Augen so weit auf, dass das Zittern seiner Pupillen in seinen knallrot veraderten Augen wie ein kochendes Ei im Dreck seiner panisch schwenkenden Augenbeine schwimmt.

Grüngeblendetes Augenlicht blitzt über das Innenleben der Flasche, in der weder Ruß haftet noch Feuer zu verenden scheint. Eine schaumig klare Flüssigkeit schwimmt in dem Gefäß gefangen. In der Heiterkeit seines Wahns zieht er rasch den Korken, um festzustellen, dass der rauchige Geschmack von Bier sich mit dem hastig dampfenden Schluckatem in seinem Mund vermischt – das gefangene Leuchtfeuer muss er sich also wirrsächlich eingebildet haben. Unbesonnen verleibt er sich den Rest der Flasche in einem Satz ein, während er dicke Tränen, die seiner Wange in seinen Mund abperlen, mit hinunterwürgt.

Ein kräftiges Aufstoßen entgleitet ihm und besiegelt die Stille, die nach dem Klirren der auf einen freiliegenden Stein stürzenden Flasche zwischen den sanft rauschenden Bäumen erschallt. Sein verfroren angetrunkener Verstand schwippst schmerzhaft lächelnd um Gedanken, die zurück durch den Wald wandern; ist es vielleicht doch nicht erst sein Premierbier eines vielleicht schon Tage andauernden Besäufnisses, aus dessen halluzinogenen Zustands er sich nun langsam erwachend und ausnüchternd befreit? War er bloß nie auch nur einmal gestorben, sondern lag er auch am Ufer schon von Anfang an in dieser Lichtung, nur dass er in einem alkoholisierten Traum gefangen blieb und regelrecht den Schmerz seiner zurückliegenden Reise innerlich in vernetzten Ebenen aus Albträumen verdrängend verschichtete?

Der Alkohol scheint seinen Verstand aufzubrennen, in seiner Taubheit vergisst er jedoch den einhergehenden Übermut, der durch die Kälte geschwind einsetzt, und überzeugt sich von einer Wahrheit, die schnell von einer Sichtung zwischen zwei großen Lichtungsrandbäumen gebremst wird.

Wäre er nun nüchtern, müsste in der Ferne keine der ihn begleitenden, schemenhaften Kreaturen erscheinen, die mit auf ihn fixierter starrender Schwärze einen Zettel an einem Baum anschlägt. Und doch steht sie fast schon provokant dort und richtet einen schauderhaften Klauenarm, wie keine der Silhouetten ihn zuvor offenbarte, auf die Bäume rings um den Wanderer herum. An all ihren Stämmen sind Zettel mit großgeritzten Buchstaben vereist. Diese scheinen wild durcheinander, er kann wieder keinen Wortlaut erkennen. Zwischen den kleinen Fetzen plakatieren große Schriftfenster, die sich erneut über "Mit … " einleiteten. Unter ihnen, vereinzelt schmückt die Gravur die größten der Bäume, sind Ornamente wie Augen eingeschnitzt. Es kommt ihm so vor, als sei er in einer rituellen Stätte gelandet, auf deren Geysirquelle ein natürlicher Opferaltar angebetet wird.

Aus Angst seines Leidinstinkts heraus, ruft er sich die Motivation seines Soldateneids hervor und er stampft durch die am Stein zerbrochenen Scherben auf die Kreatur zu. Er begreift zunächst, dass wenn er nach diesem Fall an dieser Stelle erwacht ist, wäre die Illusion dieses Zeitreisevorteils gegenüber der Wanderin nun erloschen und er wäre womöglich der Endgültigkeit des nächsten Todes erlegen. Nun ward es also besonders dringlich für den Aufgetauten, eine Flucht aus diesem surrealen Ritus zu führen – und wenn er dazu einer der gerne auch zugreifenden Gestalten entkommen müsste. Die Kreatur aber bleibt vollkommen unbeeindruckt von seinem Aufmarsch und lehnt sich ab von ihrem Zettelstamm. Mit einem leichten Schwanken pendelt sie einen äußerst akkuraten Gang ein, als würde sie sein Soldatensein verhöhnen. Zielstrebig und mit zunehmender Geschwindigkeit schreitet sie ihm entgegen, gleich einer unaufhaltsamen Wand, die den Wanderer zu blocken versucht.

Der aufgetaute Soldat wischt sich die noch leicht vernebelte Sicht frei und seine Tränen von der Wange, doch die Angst vor diesen Kreaturen nimmt ihm den Mut, auch Tatendrang, sich der Gestalt entgegenzustellen. Denn je näher sie ihm kommt, desto größer scheint sie sich aufzubauen, desto schärfer wirkt ihre Klauenhand, zu der sich allmählich angsteinflößende Tierbeine am Unterkörper der schwarznebligen Silhouette ausformen.

Ohne diesmal in Ohnmacht zu versinken oder der sich verwandelnden Bestie zum Opfer zu fallen, ergreift der Wanderer die Flucht in die andere Seite der Lichtung. Orientierung hatte er nach seiner Landung oder seinem Erwachen in der Lichtung keine, sodass der Fluchtweg zunächst rein eine Notlösung darstellen müsste und er sich jetzt schon gedankliche Brotkrumen legen würde, damit er zumindest zum heilenden Geysir zurückfindet, um nach einem gefährlichen Fluchtzeitraum im Eissturm wieder zurück auftauen zu können – nur mit dieser lebensspendenden Wärmequelle könne er klar genug denken, um dann einen richtigen Plan zu beschäftigen.

Im Auftakt seiner Planänderung überkommt ihn der sich setzende Alkohol und ein Spei aufgewirbelten Schaums scheint direkt im Kontakt mit der Schneefurche, die um den grünen Lichtungsfleck kniet, zu einer gelartigen Eissubstanz auszudampfen. Obwohl er sich die Hand vor den Mund hält und versucht, jeden aufkommenden Reiz aufzuhalten, versprüht sein Verstand gedankliche Übelkeit und sein Hals saures Bier. Unter der Last des in seiner Eishöhle von Magen schwappenden Gesöffs, rennt der im äußeren Schneekreis der Lichtung angekommene, humpelnde Soldat zu ihrem Baumreihenrand, die in der Lichtungsmitte eingetroffene Kreatur ihm dicht auf den Fersen. In einer hastigen Bewegung blickt er kurz zu ihr zurück und vernimmt, wie sie sich vollverwandelt an seinem Punkt wärmenden Erwachens aufbockt; ihre Umrisse verschwimmen im Schnee, doch er glaubt, darin etwas Ähnliches zu erkennen, wie die stammsplitternde Bestie, die vor dem Küstenwald eine zweite Jagd auslöste.

Sein Sprint zieht an und er springt förmlich zum Lichtungsrand, an deren Bäumen er nun die Zettel in spiegelnd strahlendem Glanz zu lesen beginnt. Auf ihnen stehen undeutliche Wortfetzen und erneut kann er ihnen nichts entnehmen. Aber viele Gesichter eines bärtigen, gehetzten Wanderers blicken finster und verwirrt auf den Getriebenen zurück. Die Eisstürme müssen die Stämme und ihre schneeverkrustete Zettelschicht wohl blankgläsern geschliffen haben. Die Buchstaben zumindest sehen nun zerfetzt aus und drücken eine Art Bedrohlichkeit in ihrem Schnitt aus. Und ihr hochpolierter Glanz zeugt von einer unwirklichen Kraft des Wassers und seiner Extremen in dieser Lichtung.

Immer wieder streifen kleine Lichtfäden über den schimmrigen Eisfilm der Stämme und beginnen zu einem glanznadelfeuerndem Karussell um den Flüchtenden zu verwischen. Zusätzlich den blendend scharfen Lichtschnitten auf der Eisrinde, vernimmt der Bärtige nun auch ein dumpf einläutendes Brummen hoch oben über der Fluchtszene; als er seinen Kopf immer wieder zack zwischen dem Blick zum Himmel und zurück zu seinen vor ihn geworfenen, schmerzlich abgemagerten Stiefelstelzen renkt, sodass er aus seiner paranoiden Neugier nicht noch stolpert und der Bestie erliegt, erkennt er, wie ein stählernes Geschoss durch die kreisrund rotierende Wolkenwand um die Lichtungssäule schmettert. Seiner Deutung nach kommen die vielen

Lichtimpulse hier unten in seiner Eiswelt von der Maschine, bei der es sich um ein neuartiges Flugzeug handeln muss – nach einem lauten Knall bombardiert sich das Geschoss in Richtung des stürmischen Lichtungsrand, der sich bis in die kreisummantelnden Wolken aufzieht. Gewehrschüsse kann er bisher keine vernehmen, sein Soldatenverstand wäre in dieser Angstsituation trotz allem vernebelten Leid zu geschult, um solche Details nicht wahrnehmen zu können. Nein – die Maschine sitzt auf einem Feuerodem, der sie durch die Luft zügelt. Noch nie war dem Wanderer, aller Erinnerungen nach, ein solches Flugzeug begegnet, welches sich nicht durch einen Propeller, sondern mit bloßem Feuerschwall durch den Himmel schiebt.

Würde der Fliehende den möglicherweise feindlichen Piloten finden, könnte dieser ihn ehrenhaft gefangen nehmen oder, aus Mitleid mit dem nahen Frosttod, zunächst aufnehmen und versorgen. Über all dem Optimismus steht dennoch auch der Verdacht, in einen waffenerwartenden Freitod zu hechten, wenn er das landende Flugzeug irgendwie erreichen könnte.

Egal wie sein scharf rennender Verstand sich die Begegnung ausmalt, vor kurzem noch erinnerte er sich zum ersten Mal daran, in einem seiner Nation benachbartem Frankreich gekämpft zu haben. Wenn er sich in solch arktischen Bedingungen mit Vegetation aufhält, müsse seine kartografische Wahrnehmung wohl auf sibirische Tundra oder schollende Inselsammlungen kommen – daran würde er die Nationalität des Fliegers eventuell nach tieferer Gedankenkrämerei festmachen können. Hat er sich also in den unwegsamen Landschaften des Russen verirrt?

Wenn dem so wäre, kämen keine Verhandlungen zu Stande. Er hörte, wie unbeugsam die Russen mit feindlichen Soldaten zugehen und dass einige von ihnen, vor allem die im Eis, lieber einem Bissen Fleisch statt einer Gefangennahme zustimmen. Wer konnte es ihnen auch verdenken, so überlegt der Bärtige nun. Schließlich wäre es eine Patt-Situation über die Nahrungssuche hier draußen, wenn sich beide Soldaten begegneten. Aber vergisst der Neugierige, dass der Russe sich in seinem brennenden Blechsarg vermutlich wohlig warm durch den Himmel reitet, mit einer unfassbaren Geschwindigkeit. Ein anderes Zeichen zur Orientierung in dieser Ritenstätte kann der vom Eis ausgepeitschte Mantelträger weit und breit nicht erkennen, demnach muss sein Schritt dem Flugzeugodem hinterherspringen, um womöglich wieder zu einer Zivilisation zu gelangen, schließlich hat der Pilot auch ein festes Ziel, denn beschädigt zum Sturzflug ansetzend sah es trotz des zu seinem Heck ausströmenden Flammenstichs nicht aus. Und wäre der Wanderer erst einmal bei anderen Menschen angekommen, die eine intakte, weitreichende Orientierung haben, könnte er sich schon irgendwie mit Hand und Fuß verständigen, um mehr über diese Region zu erfahren und womöglich sein Ziel wieder zu verstehen. An diesem Punkt würde es ihm sogar genügen, als unverstandener und tödlich auszuhungernden Feind eingesperrt zu werden; er hätte zumindest wieder einen Bezug zur Wirklichkeit und ihm sei eine Aufgabe, eine Rolle, eine Identität zugewiesen. Er wäre endlich wieder existent und müsste nicht verlassen in einem Fiebermärchen sterben, während sein Körper von wilden Bestien zerfleischt würde.

Kapitel 12:

Die Wissenschaft missioniert den Vater

er Alkohol liegt dem Lichtungsentflüchtenden noch brennend auf der Zunge, über die er beißend kalte Luft einhechelt. Je näher er dem äußeren Eispeitschenring um die Baumfront kommt, desto mehr spürt er wieder seine aufklaffenden Wunden, in die sich eine Schneekruste aus kaltpeitschendem Sturmhauch zu furchen beginnt. Der Flüchtende rennt auf den Sturmfilm zu, welcher genau an der Lichtungsgrenze hauchdünn doch mit rasend chaotischen Schnitten die Äste der Riesen absäbelt. Womöglich würde er, wenn er nicht schnell genug ist, selbst Verletzungen von Sturm oder Ästen erlangen. Viel Zeit für einen gut abgestimmten Sprung gibt es für ihn dabei nicht, sodass er gedrungen wird, die Schneeklinge mit verschränkter Haltung wie eine Stacheldrahtblockade zu durchhechten.

Mit offen klaffenden Wunden und einer Menge Mut, die den verfrorenen Fleischsack zwischen Mantel, Leinenflicken und Pickelhaube überhaupt noch zusammenhält, stolpert dieser hochgeschwind auf den Waldrand zu. Dabei gleicht sein aufgeregtes Stelzen mit den spitz in den Boden rennenden Stiefelbeinen einem verbogenen, sich drehenden Stock, den jemand mit so viel Kraft wie möglich über den flachen Waldboden geworfen hat. Kurz vor der rasierfreudigen Eiswand dreht er sich mit steifem Nacken und wahnsüchtigen Augen zu der Kreatur um, die nun weniger aufgebaut und deutlich langsamer hinter ihm liegt. Nachdem sie wohl das warme Zentrum der Lichtung überschritten hat, verliert sie an Geschwindigkeit und ihre bestialischen

Auswüchse verwandeln sich zurück in eine etwas menschlichere Kontur. Halt macht sie jedoch keine, nach wie vor richtet sie stur Kurs auf den Rennenden, nur dass sie ihm nun deutlich mehr Vorsprung gewährt.

Der Bärtige springt wie soeben angedacht mit verschränkten Armen durch die Eiswand. Für einen Bruchteil, als sein Kopf von der Kälte mit brennender Pranke durchmassiert wird, meint er, in dem Klirren das zornig trauernde Flüstern vieler Menschen zu hören. Schauderscharfe Geräusche, denen er nie in seinen Erinnerungen begegnet war, versammeln sich um ihn herum und er meint, die Sturmstimmen genau aus den Richtungen zu hören, aus denen seine ihn sonst umgebenden, silhouettenhaften Begleiter bisher nur gestikulierend angeschwiegen haben.

Nach den leidigen Klängen und scharfen Schnitten, welche die Eiswand an der Miene des Flüchtenden hinterlassen hat, landet er, zurückgebracht in einen Albtraum, im düsteren Wald. Das Licht hier scheint plötzlich so dumpf, als hätte die leuchtende Sturmwand es verschluckt, als bewege sie sich schneller als das Licht und bietet dem toten Schneeboden des Waldes, in dem der Wanderer seine kalten Hände sturzgefangen vergräbt, keine grüne Wiedergeburt. Denn Pflanzen kann er weder erspüren noch irgendwo herum auf dem Frostboden des Waldes ausspähen.

Die Pranken ziehen sich am ausgefransten Leinen hoch, klopfen sich an der dickverschneiten und eisverkrusteten Mantelschicht ab und schwingen entlang einer Drehbewegung über die Körpermitte zum Gesicht des Wanderers. Er hält die Finger trichterförmig um seine Sicht, um nach seinem Verfolger auszuschauen. Lange bringt er es jedoch nicht hinter sich, in den Eissturm zu starren, denn sein Blick wird regelrecht von einer sogenden Kälte verschluckt, hinter der sich nur sehr unscharf das zentrale Grün der Lichtung bemerkbar macht und sonst jegliche

Farbgewalt, ob blauer Himmel oder schwarzer Baumrand, in einem trüben Grau aufgelöst wird.

Schwerer Atem sticht durch seine Lunge, als der Dampf den eisrasenden Sichtschutz der Lichtung streift und netzartig in der Luft zu gefrieren beginnt. Der Wanderer schnellt zurück und stolpert zu Boden, sodass sein Blick beim Fall nach links leitet. Entsetzt stellt er fest, dass die abgehängt geglaubte Kreatur etwa zehn bis zwanzig Meter sich in genau derselben Wandererpose von einem Sturz fängt. Während er auf allen vieren in eine Ausweichrichtung krabbelt, tut die verzerrte, von der Waldschwärze fast verschluckte Kontur es ihm gleich.

Als hätte die rituelle Stätte die beiden miteinander verbunden, kriechen sie nun voneinander weg, wie Katzen, denen ihr Spiegelbild ungeheuer erscheint. Auch wenn Wanderer und Gestalt nun in einer unrealen Abhängigkeit stünden, trauen kann er der Situation gewiss nicht. Sein existenzverwischender Tod, die Gefahr, die von dieser Welt ausgeht, nähert sich ihm und seinem Verstand in einer immer abstruser werdenden Gestalt, die sich nun auch parasitär an sein Verhalten geheftet hat. Demnach richtet er sich auf und weicht einige Meter zurück, den Blick fest auf den Verfolger gebannt, der beim kopierten Ausfallschritt nahezu farblos in der Waldnacht verschwindet. Lediglich der Kreatur zuvor schwarzsilhouettierten, unwirklich höhlenden Augen färben sich im einhüllenden Mantel der Dunkelheit in ein schimmriges Grau. Von dieser Entfernung aus betrachtet der Wanderer die sachte Kontur, wie sie wirklich alle seine Bewegungen vollständig und perfekt nachahmt.

Mit einem Ruck schlägt er sich in die Magengrube, sodass beide Gestalten leicht zittern. Der Wanderer spuckt erneut eine Ladung Bier in den aufweichenden Schnee, sodass die Kreatur einen schwarzen Strahl in den Boden pflanzt, dessen silbriger Glanz den Bärtigen verdächtig an den Vogelschleier während seines Sturzes in die Lichtung erinnert.

Die Linke für einen Moment auf seinem Knie gestützt, überlegt er noch, in welche Richtung das Flugzeug gepfeilt war, sodass er dessen Route eventuell erneut kreuzen oder dessen Landung irgendwann abfangen könnte. Es ist nun nicht garantiert, dass er jemals erneut eine Maschine sehen würde; wenn sein aktuell frostpeitschendes Gefängnis wirklich in Sibirien wäre, könnten Tage vergehen, in denen er eine von vielen Flugkurven der Übungsstrecken russischer Piloten verfolgte. Aber aufgeben würde er sicher nicht, also stützt sich der Wanderer neuen Mutes und im schaudernden Ballast seines Verfolgers an seinem Knie hoch, wischt sich die geligen Bierzapfen vom Bart und bestreitet mit einem Starren zur Kreatur die Richtung, in der er das Flugzeug zuletzt hat in den Wolken verschwinden sehen.

Während jedem Schritt wird ihm unheimlicher, wie die Silhouette ihn nachahmt. Er glaubt irgendwann sogar, seinen eigenen Umriss in ihr erkennen zu können, nachdem er sich seit langem nun mal wieder verzerrt, doch spiegelhaft im frostglatten Zetteleis der Lichtung hatte gesehen. Bei dem formangleichenden Spiegelgang zwischen den beiden muss es sich doch, so hofft der Orientierungsersehende, nur um eine Halluzination handeln, die sein leidender Verstand auf den fremden Wanderer in der fernen Dunkelheit projiziert.

Da weder Rennen noch Schreien die stumme Kreatur abzuschütteln scheint, die weiterhin stumpf den Wanderer in Schritt und jeder Bewegung verfolgt, ergibt sich das bärtige Gesicht mit einer verzweifelten Miene, welche schnell in eine selbstberuhigende Gelassenheit übergeht. Schließlich war zumindest eine der Silhouetten zurück an seiner Seite, die die meiste Zeit seiner Reise im Schneesturm mit seinem Leid tobten und deren Anwesenheit ihn auf eine mysteriöse Weise vom Wahnsinn abhielt.

Solange das Geschöpf sich nur abseits von ihm aufhielte und seine Bewegungen spiegelte, müsste er ruhig laufen können, um seine Reserven zur Abwehr eines spontanen Angriffs zu sammeln. Nun auch bemerkt er die Lichtstrahlen, die ihn sanft aus der gnadenlosen Anspannung seiner Flucht befreien, indem sie mit den eissäulenden Stämmen, um das Wandererpaar herum, spielen. Hin und wieder trümmert ein gleißender Strahl das rotzerbrochene Perlenpaar, welches tief unter des Bärtigens Stirn zum Himmel hinauf starrt. Auch der Wind stimmt sich dem Segen dieser gespaltenen Zweisamkeit zwischen den Wanderern ein, summt er um die Sonnennadeln und zieht ihnen ein Kleid aus kaltem, schimmerndem Kristall an. Eine eisige Hand zupft behutsam an den frorenen Fingern der müden Menschenpranke. Als würde wie magisch des Wanderers Arm zu schweben beginnen, legt der Wind ihm einen kurvenen Tanzkörper an. Mit wenig Halt, versucht der Soldat sich schwankend zwischen greifenden Windhosen entlangzustelzen, doch spielerische Böen verleihen dem zunächst groben Wirbeln eine gewisse Anmut, welche die beiden Tanzenden näher zusammenbringt.

Der Handrücken kaltschauernd ertönender Windsaiten schwemmt ihre Füße balletthaft zueinander, lässt ihre Arme graziös in das aufgewirbelte Eisgeäst tauchen und schiebt die fast willenlosen Tänzer über den Waldbodenfrost. Wieder fliegen dem Bärtigen Sonnennadeln über die Stirn und mit einem leichten Stechen nisten sie sich in sein Augenwerk, bilden sich dort als verlaufenes Gemälde einer vagen Erinnerung aus, in der ein warmoranges Zimmerlicht den ewig weißdüsteren Waldboden ersetzt. Das Kristallkleid des Windes färbt sich in einem cremig blassen bernsteingelb und wirbelt um den fremdsilhouettierten Wanderer, sodass dieser die schemenhafte Anmut einer handgezogenen Glasflasche annimmt. Zittrige Pranken umklammern das schimmrig ausgeformte Gefäß, haarig nackte Arme strömen durch das Blickfeld, welches gebannt auf die aufgequollenen Standflecken der ausgerissenen Buchseiten eines alten Schreibtischs gerichtet schwankt. Eine fremde Stimme surrt durch diese Erinnerung und durch einen ungewaschenen Kopf, dessen Haar den Staub des bedrückten, sich um das Sichtfeld aufbauenden Zimmers aufsaugen. Der Zottelkopf dreht sich zu einem dunkel marmorierten Türrahmen, an dem schäbig abgekratzter Nagellack festgesaugte Finger schmückt. Die dazugehörigen Augen linsen zwischen müden Fingern auf ein blasses Gesicht aufgelegt hervor – so müde greifend wie die Finger, die nun am Rahmen heruntergleiten und in besorgter Haltung um die Hüfte einer an Verständnis verraubten Frau fallen. Dort steht sie nun und blickt den Betrunkenen scharf an, kein Gespräch entsteht, bloß ein eindrucksvolles Schweigen.

Die Frauenlippen schieben sich übereinander, bleiben im Zug ihrer gerümpften Nase verharren und enden in Form wie Klang eines tiefen Seufzers und einem herabfallenden Kopf, der sich kurz hinter dem Vorhang dunkelblonder Haare verliert. Die Frau lässt die weit geöffnete Tür stehen. Sie hatte es längst aufgegeben, das Knarzen noch zu überhören, wenn ihr Mann heimlich in die Stube schlich, um sich seinen Whiskey einzuschütten. Als er noch nicht im Archiv eingesetzt war, fanden diese Besäufnisse höchstens nach einer schweren Woche mit seinen Kollegen statt, nun aber enden sie nahezu täglich in einer leergelegenen Furche in dem Ehebett, in welchem sich die Frau fast jeden Abend allein in ihren Träumen auflöst.

Der zottelschweifene Haarschopf bleibt, unberührt von diesem mahnend verlorenen Blick und unbeeindruckt über dessen absehbaren Konsequenzen, in seinem Stuhl zurück und ignoriert zunächst das Kinderstapfen, welches sich an der verschwindenden Frau vorbeidrängt, "Kann mich hier irgendjemand heute Abend bringen?", "Du wirst nicht allein zu Marcel gehen", erwidert die zwischen den klangverschwommenen Räumen dumpf schallende Frauenstimme. Das Gesicht des Schnapsverküssten lebt auf, er stützt sich aus seinem trunkenen Halbschlaf und reißt sich schwer zusammen an den Türrahmen, um der Kleinen hinterherzuflüstern, "Warte mal, ich fahr dich!".

Niemand des gesellschaftlich verschlafenen Hauses hätte mit dem stummen Zurückgezogenen zu diesem Zeitpunkt gerechnet, das Mädchen noch zu jung, um die todsüß verfahnte Luft um den verständnisvoll grinsenden Zottelkopf zu schmecken, "Bist du dir sicher, dass du noch fahren möchtest? Ich dachte eher das…", "Dein Bruder muss sich auf sein Studium konzentrieren, ich habe wirklich nichts zu tun." Sein Gesicht blüht unter ein paar wilden Strähnen auf, die sein Grinsen umso menschlicher machen, "Glaub mir Süße, es dauert ja auch nur zehn Minuten bis zu Marcel, also wird auch Mama nichts davon mitbekommen, sie braucht auch ihre Ruhe heute Abend und du hast sie doch gehört, alleine wirst du nicht gehen!" Er stupst der Naiven auf die Nase, "Ich bin keine Zwölf mehr, du musst mich nicht so behandeln, Papa. Und Mama sagt, du hättest abends neuerdings deine Lesezeit, in der man dich nicht stören darf."

Während er zwei große alte Jacken aus der Stube fischt und anschließend die kleine zur Haustür drängt, legt er immer wieder den Finger auf die Lippen und flüstert angespannt, um sich auf die kurze Flucht aus dem Haus und darauf zu konzentrieren, sein trunkenes Schauspiel nicht vor seiner Tochter fallen zu lassen; "Du bist manchmal echt komisch Papa, aber danke, dass du wieder mal an mich denkst. Habe ich echt vermisst, mit dir wie letztes Jahr so viele Ausflüge zu unternehmen." Sein Kopf richtet sich für einen Moment auf, ein lang gereifter Tropfen entweicht der trockenen Tränenkehle zwischen krumflackernden Lidern. Doch ehe er seine vorgetäuschte Nüchternheit vergisst, reißt sich das Stoppelgesicht zusammen und packt die kleine

Fest beim Arm, die verwundert und leicht erschrocken zum großen Mann hinaufblickt.

Ein Ast peitscht der Kleinen durch die Haare und brennend kalter Wind bricht durch die Haustür. Gelbes Kristallkleid entflammt vor den Augen des Wanderers und löst sich in funkelndem Eisnetz auf, das sich nach Abflachen der starken Tanzstürme auf den Frostboden setzt. Wie angewurzelt stehen sich die beiden Tanzpartner dicht gegenüber, als hätten sie *beide* diese eine unwirkliche Erinnerung zwischen Familie und Lesezimmer geteilt und wüssten nicht, in wessen Gedächtnis sie dort steckten. Sie schütteln ihren Kopf und schrecken voreinander zurück; mit leichtem Humpeln weichen die Wanderer in choreografischem Spiegeln den Ästen am Boden aus, die während des Tanzes zwischen zuckenden Fingern und gebändigten Krampffüßen aus dem Waldfrost sprießen. Dennoch verhindert das Gestrüpp deren Halt, sodass beide Gestalten sich stürzend in den Schoß winden und für einen Moment, zusammengesackt am Boden, selbst mustern; von den ewigen, frostverbissenen Schmerzen befreit, tritt ein glanzgebürsteter Stiefel unter einem schwarzen Samtmantel hervor, als die menschliche Wandererseele in zusammengefallener Haltung an sich herabblickt. Müde Frauenbeine versagen des Tanzes und so tut es die kleine Sanduhrensilhouette in spiegelnder Ferne gleich. War sie doch so weit vor dem dreckigen Wanderer geflohen, um seinen verrückten Gestalten endlich entweichen zu können. Und schon wieder sitzt das schwarzhaarige Mädchen nun allein im Wald, eingeschlossen von springenden Erinnerungen, zwischen denen sie ständig das Bewusstsein zu verlieren scheint.

Kapitel 13:

Das Klima entbricht der Welt

Zu den Füßen des festvermantelten, schwarzhaarigen Kindes lockert die Erde allmählich auf, je weiter sie in die Düsternis des Waldes verschwindet. Zitternd hat sie die Signalfeuerwaffe auf ihren linken Oberarm gestützt, sodass sie die Kimme ruhig vor ihrem Auge liegen sieht. Mit dem anderen Auge linst sie hin und wieder zu der Kreatur, die in merkwürdiger Haltung die Kleine beobachtet, selbst aber keine Waffe in der Hand hält; auf dem Oberarm liegt nur abgestützt ein nebelwabernder Umriss einer schwarzen Klaue, aus der kleine, silbrig glänzende Schlieren entströmen, als würden schwarze Perlen sich als Tentakel aneinanderreihen und in die Luft entweichen. Der Blick der Kreatur, so leer und leblos er aus tiefschwarzleuchtenden Höhlen in das Mädchengesicht springt, verfolgt die Kleine in solch einer disziplinierten Ruhe, dass sie glaubt, selbst die Köpfe bewegen sich perfekt synchron zueinander.

Das silhouettenhafte Spiegelbild läuft nun weiter entfernt, seit die Wandererin beginnt, einem schmalen Erdspalt zunehmend nach links und damit weg von der Kreatur auf der anderen Spaltseite auszuweichen. Aufgrund der Dunkelheit sieht sie nicht, wie sich der Erdriss tiefer in den Wald ausbreitet. Je größer und stummer die Bäume zu werden scheinen und je höher ihr Astgefieder aneinander und mit dem Wind scharrt, desto tiefer brüllt die Schlucht mit lautem Knacken und hissigem Zischen. Dort unten muss wohl eine warme Quelle fließen, welche die Ränder des großklaffenden Spalts hier oben etwas mit Nebelarmen streift. Graugrün erwacht, um des Erdspalts Lippen, steilwachsend das Gras und atmet mit zuckendem Aufbücken das Stickicht, wie es warm und steingebrannt dem Spaltmassiv entkriecht. Der Nebel und die Waldschwärze vermischen sich in ein unwahrnehmbares Rauschen, sodass die Kleine die Sicht auf ihre nachäffende Verfolgerin verliert. Ihr Blick ward nun aufmerksamer und gebannt auf den dunklen Boden vor ihr. Auch wenn sie eigentlich nichts erkennt, versucht sie, der lockersten Erde zu entweichen, damit sie nicht versehentlich in den Spalt zu ihrer Rechten rutscht. Nach etwa zweihundert weiteren Schritten, sie verliert sich in einem traumähnlichen Zustand, aus dem heraus ihr das Bewusstsein erneut in Vergessenheit droht, flammt ein schwaches, gräuliches Licht in ihr Sichtfeld. Aufgrund der vielen wiederkehrenden Schmerzen in ihren Gliedern, die ihr hin und wieder unterkriechen, glaubte sie zunächst, das Licht sei ein Vorbote der nahenden Erlösung.

Für die ständig einkehrenden Schmerzen hat sie nun wirklich keine Erklärung, da sie durch ihren guten Mantelschutz nicht an Erfrierungen leidet. Aber aufgrund der vielen Bewusstseinsverluste wäre es nun möglich, dass der dreckige Wanderer auf dem Schollenmeer sie verletzt hatte, oder ganz abstrus, sie durchlebt eine Reise in das sogenannte Nirvana. Vielleicht trägt sie den Schmerz Totgeborener oder etwas Ähnlichem; in der Schule hatte sie einmal von den Hintergründen östlicher Glaubensrichtungen gehört. Vielleicht war diese Vorstellung gar nicht so falsch, wenn man sie mit ihrer aktuellen Reise vergleiche. Das Licht in ihrer Sichtferne jedoch wird nicht eindrücklicher oder spirituell klarsichtiger, sondern bleibt mehr gedämpft und lodert in schwachen Wellen über die vielen kleinen Wurzeln, die aus der lockeren Erde kommen. Nach weiteren wenigen Metern wäre sie fast über einen umgestürzten Baumstamm gefallen, sodass sich ihre aufgeweckte Sicht, des Mädchens Fokus fest zurückerobert, auf den Ursprung des Lichts besinnt.

Zwischen vielen gestürzten Holzkolossen schlummern in etwas Ferne viele kleine Lampen. Sie scheinen sich nicht zu bewegen, keine Fackeln, obwohl die Lichtaura so schimmrig und zittrig erscheint; dafür aber erkennt die Kleine Umrisse von dünnen Fäden und splittrigen Bügeln. Mit ihren von der Nacht ausgebildeten Adleraugen vernimmt sie neben diesen laternenartigen Befestigungen angeraute, doch gleichmäßig aufgezogene Lehmwände. Sie muss also bei einem Dorf oder einer abtrünnigen Siedlung angelangt sein.

Nach wie vor erinnert sie sich nicht daran, in welcher Gegend sie hier verschollen wandert, doch ihr Ziel ist klar und unverwechselbar – den Sonnenaufgang an der richtigen Stelle abzupassen; sie hatte die sonnenbeseelte Signalfeuerwaffe des Alten gestohlen und festgestellt, dass sie damit den Sonnenaufgang herbeiholen würde. Zumindest ist er einmal erschienen, als sie, am Ufer dieser Insel angekommen, direkt in den Wald schoss. Natürlich wurden ihre Augen groß und sie konnte sich vor betäubender Verwunderung kaum aus ihrem Eistrott entspannen, doch das Mädchen blieb relativ gefasst über den Anblick des horizontverschlingenden Feuermauls. Als sie das Ritual am Ufer verfolgte, wurde die Luft um sie herum nicht wärmer, die Flocken leuchteten nicht, wie üblich von der Sonne aus ihren Erinnerungen erhellt, und das Wasser begann nicht um die Insel zu strömen, aber sie spürte eine innere Erleuchtung nach dem Schuss und würde sie die Patrone nur in das richtige pflocken, um das hoffnungsstrahlende Sonnenschild erneut aufspannen zu können, würde ihr womöglich die Geburt eines Sterns zu Glaube werden.

Nach all den ausgesponnenen Spekulationen um das mystische Eisen zwischen ihren zarten Fingern, erreichen und erfühlen diese mit blassgekühlten Spitzen wärmere Lichtstrahlen, die von dem Dorf ausgehen.

Ihre Finger Hände tauchen in eine Beleuchtung aus vielen kleinen in Halmen geflochtenen Leuchtkugeln, die an Lehmfassaden kleben. Zwischen den unwirklich breiten Aussparungen hängen vom Wind kugelartig aufgeblasene, grünbraune Vorhänge, als würde das gesamte Dorf lieber auf den Türen schlafen und ihre Bettwäsche im Eingang barrikadieren. Ein paar fremdliche doch nicht formveränderliche Klauen kriechen den Vorhängen hervor, als die Lehmhäuser das astknackende Erscheinen der kleinen Bewaffneten schallend untereinander verteilen:

Große Augen, rotglühend veradert und ohne Lider, fließen graunackter Haut herunter. Ein Geschöpf mit langen Haaren und schädelsgleichem Gesicht – keine Oberlippe verdeckt die Zahnreihen – kriecht aus einem Eingang und baut sich elegant in Richtung Zentrum des Dorfes auf, in dem die meisten Laternen versammelt scheinen. Sein Blick wendet sich, womöglich neugierig, dem Mädchen zu; ganz ohne Mimiken an der formstarren Gesichtsmuskulatur des Geschöpfs deuten zu können, spürt die Kleine keine Feindseligkeit in dem ungefähr zwei Meter hohen Ungetüm. Eine Klaue zieht, bevor sich das Geschöpf ganz vor ihr aufbaut, einen langen Holzstab, eher eine Holzlanze, mit aus der Hütte. Und dennoch, es sieht nicht so aus, als würde der Eissiedler dem Mädchen gefährlich sein. Der Blick des Wesens gleitet ruhig und unbetrübt zu ihr und zwischen die Häuser, als würde es einen produktiven Tag an der Waldluft planen. Langsam und mit ruhesignalisierenden Schritten, macht sich die Figur zu den anderen Häusern. Die befremdliche Siedlerfigur scheint das Mädchen nun den Weg entlang zum Zentrum passieren zu lassen, als die beiden in etwa zwei Metern voneinander getrennt ihre Rücken kehren und anschließend ihre Ausgangspositionen getauscht haben. Das fahle Wesen blickt nun durch den Eingang einer der Lehmhäuser, die dichter zum Waldrand stehen.

Hinter sich hört das Kind Geflüster in einer Sprache, die sie nie zuvor hätte hören können. Die Stimmen der Geschöpfe scheinen sich an die klirrende Kälte und den Wind gewöhnt zu haben, denn ihr Schall bricht wie Quietschen und Knarzen zugleich durch das Mädchenohr. In beengender Unbehaglichkeit und mit gesenktem Kopf schreitet die Kleine voran. Viele durch die Luft zischende, lange Beine umwuseln das Kind und als sie ihren Kopf nach oben richtet, wird freie Sicht durch ein großes, glotzendes Schädelgesicht versagt. Sie schreckt zurück und wird in den vielen Armen der Umherstehenden aufgefangen, die trotz ihrer blassdünn erscheinenden Zerbrechlichkeit stärker stemmen können, als sie es gedacht hätte.

In einer gekonnten Ausweichrolle springt das Mädchen durch die aufspringenden Stelzen und die Geschöpfe blicken der Akrobatik verwirrt und zugleich bestürzt um deren womöglich gastfreundschaftlich gemeintes Empfangsritual hinterher. Wobei sich die genaue emotionale Lage um das Dorfrudel nach wie vor schwer deuten lässt, wenn gerade die Körpersprache der Gesichtslosen außerhalb dieser Welt erscheint.

In einem ungeübten Fehltritt stolpern sich überschlagende Kinderknöchel durch das seichte Geäst aus vertrocknet verschneiten Ästen, die genauso ungepflegt aussehen, wie die restlichen Gräser und Büsche im Dorf. Obwohl die Siedler hier in einer der Kälte abgelegen warmen und agrarfähigen Lichtungsbrut leben, ziehen sie es wohl vor, das aussterbende Wild durch den Irrsinn eines Waldes zu jagen. Schließlich hatte sie ansonsten keine ihr bekannten Tiere in diesem Wald gesehen.

Im Abklang der Skepsis und unruhigen Gedanken, krallt sich gefestigte Willenskraft in die eissandige Geröllkante des großen Spaltes, der sich bis in das Dorf hinein erstreckt. Die Kleine verliert durch das Ausschwingen ihres Falls an Halt, purzelt kopfüber, rutscht die Rissklippe entlang und steigt im Sturzflug in den Spalt hinab. In vollfokussiertem Reflex greift sie um ihren Mantel und breitet ihn wie ein Segel aus, damit sie sich damit an einer herausstechend astartigen Wurzel auffangen kann. Im selben Schwung mit dem Wurzelhalt stützt sie sich mit den an der Spaltwand hochkraxelnden Stiefeln nach oben und landet wie in einer disziplinierten Reckübung auf dem Wurzelast. Dort keucht sie nun, blickt auf den dicht auflungernd bebenden Geröllboden des Spalts, der sie fast mit einem bitteren Sturztod empfangen hätte.

In etwas Ferne am Rissboden, zwischen ein paar größeren Brocken, behellt ein kleiner stabförmiger Auswuchs die Umgebung in seinem dunkelschimmernd flüssigem Blau. Fingergleicher Nadelkamm kriecht empor und eine Hand samt Arm bricht durch die Geröllplatte. Ein blauspitzflammendes schädelähnliches Gebilde mit der Marmorierung blauglühender Wasserbläschen, in denen tausende vibrierende Zellen wie Nadelaugen in das Kind zu starren scheinen, sitzt auf dem nachfolgenden dem Geröll ausbrechenden Korpus einer menschenähnlich geformten, doch bildnisgestörten Gestalt.

Das formbestrafte Gebilde zuckt und humpelt auf die Kleine auf dem Ast zu, sodass das Kind sich in für es unbegreiflicher Sprache verschreit und mit starrem Augenblick durch gezückt Waffe auf die rotglühende Schrift des schlagartig tanzenden Feuerpinsels knipst. Das abgeschossene Signalfeuer fliegt, als wäre sie in einem Windtunnel einer Bombentestanlage gefesselt, über ihre Schulter zurück und hinweg in die lineare Tiefe der Erdspalte hinter ihrem Rücken. Mit dem Wind strömt der Gestank von Senfgas von der Kreatur ab und auf das Mädchen zu, sodass sie schnell ihre bewaffnete Stellung einzieht und die Pistole zusammen mit ihren Händen gegen ihren Kiefer schmeißt. Die Hände schiebt sie so gut und dicht wie möglich über die

Lippen. Ihre Haare, sausend vom Eis befreit, in den Wind sich legen und sié fällt fuchtelt kreischend in einen strudelnden Arm, den der Wind an sie und durch ihr Haar legt. In dieser eispulvernden, zugreifenden Windsäule formt sich eine bläulich rotgereizte Männerhaut aus. Die Sicht des Mädchens vernebelt und taut zwischen einem weitgeöffneten Autofenster und mehrspurigen, leeren Nachtstrecken auf.

Kapitel 14:

Augen erkennen ihren kosmischen Körper

In einer rasanten Erinnerung auf einer Autobahn starrt ihr Vater sie halb vernebelt und trunkenen Lallens an, "Süße, ich möchte einfach, dass du dich vor deiner Mutter richtig verhältst und wir nicht miteinander streiten müssten", ihm kommen Tränen, die er jedoch direkt zurückschnieft. Seine Hand gleitet von der verängstigten Kleinen ab, die den Betrunkenen mit gelähmt sturer Kraft versucht, zurück an den Lederlenker zu binden. Er beginnt, mit seiner Hand die übergebliebenen Tränenstränge seiner Wange abzuwischen und dabei in seinem gefahrverblendenden Monolog fortzusetzen, "Nur weil ich dich jetzt fahre, ist das kein Versprechen, dass ich immer zu dir halte. Und wenn ich mit deiner Mutter laut werde," er atmet aus und rümpft die Augenbrauen, deren Anspannung in einem leichten Nicken abflacht, seine Stimme jedoch nimmt an Kraft und Fluss zu, "dann musst du auch zu ihr halten. Weißt du, deine Mutter ist kein schlechter Mensch, nur weil sie momentan so streng ist. Sie hat einfach nur schon längere Zeit keine Liebe mehr annehmen können. Deswegen freut es mich umso mehr, wenn sie wenigstens ihr Lächeln an dich weitergegeben hat." Er guckt sie verwegen und stark verunsichert an, "Ich möchte dich nicht auch noch verlieren!", Die kleine beginnt zu kreischen, als der Wagen einige Meter von einer Leitplanke geführt wird, da der Vater die Augen fernab von der Straße auf seine Tochter strahlt. Über eine tiefaufklaffende brache Baustelle in einer gesperrten Strecke springt das Auto erst hinab und folgt dann der schotterklumpenen Geisterspur bis in eine von Stürmen aufgesprengte Waldfront hinein. Immer noch tröstet der Mann vor sich her, da er mit angestrengtem Blick auf die sich annähernden Stämme wohl glaubt, die Fahrt noch unter Kontrolle zu haben, "Könntest du deinem Vater mit diesen schönen roten Lippen einen Kuss auf die Wange geben? Also du musst natürlich nicht, ich meine, küssen Mädchen in deinem Alter überhaupt noch ihre Eltern?" Seine Rede endet abrupt in einem lauten Schlag. Der Vater brüllt durch das springende Glas der Frontscheibe, in die sich ein jung blühender, spitzer Ast in seine Tochter bohrt. In einer langen Sekunde eines tosend metallkreischenden Aufpralls, fallen die beiden umnachtet von Schmerz in die Dunkelheit des Waldes.

Während sie zuvor die vielen klauenartigen Hände noch an sich spürte und nun viele kleine Schürfwunden an ihr brennen, als wäre sie hunderte Male zwischen den nadelnden Ästen der großen Stämme um sie herum gefallen und geklettert, verliert sie die Orientierung in ihren eben noch so fernweltlichen Gedanken in das sie umgebende, unbekannte Dunkel. Zuerst denkt sie, das Dorf verloren zu haben, denn auch das grauschwammige Licht in ihren Erinnerungen sieht kein noch so schwaches Glimmen durch die Äste. Sie fühlt sich erneut, als hätte sie ihr Bewusstsein und, nach dieser außerirdischen Begegnung mit den Siedlern, auch ihren Verstand verloren. An ihrem Körper herab spüren sich noch die Überreste der Äste, Zapfen und Nadeln, die an ihrem Mantel kleben; war sie einfach nur aus Wahn zwischen den Bäumen getanzt und hatte sich den Kopf beim Sturz angeschlagen? Zumindest ist ihrer Verstandes Sicherheit das Schusseisen geblieben, sodass sie ihre Realität an der Macht des Signalfeuerlaufes fest machen kann und dieser flüstert in ihren Gedanken und ungezücktem, rotglühendem Kaliber vom Aufgang ihrer sonnigen Hoffnungsfreundin.

Und doch kommt ihr die Begegnung in diesem Dorf so real vor, womöglich müsste sie den Weg nur zurücknehmen, aus dem sie gekommen war, um die Hilfe der Siedler anzunehmen. Vielleicht hätten die Jäger auch etwas zu essen.

Da sie nun schon einige Zeit gedankenverloren und hungrig durch den Wald zog, dreht sie kehrt und beginnt, nun in die entgegengesetzte Richtung zu staksen. Ihr kleiner Kopf scheint angestrengt darum, den Fokus nicht wieder zu verlieren, dazu reibt sie sich sogar an den kalten Schläfen, die gut eine Mütze gebrauchen könnten, auch wenn das schwarze, dicke Haar die weißkalte Haut des Kindes gut zu schützen weiß.

Diese Siedler verlieren sich zunehmend in ihrem Kopf aus einer neugierigen Welt in eine Pointe eines Komödiantenauftritts. Wie in den exotischen Filmen erkennt sie in den liderlosen Wilden die Ironie einer isolierten Kultur, über die fremde Entdeckervölker zur Unterhaltung berichten. Als würde sich die Unterhaltungskultur des Entdeckerstaats in diesem Bild selbst geißeln, als müsse diese etwas unwirklich Echtes so ironisieren, dass sie überhaupt noch selbst real bleibt. Zumindest schlussfolgert das Kind aus den Berichten über diese Entdecker und Kulturen, die es früher gelesen hatte.

Ihre Gedanken springen gerne über die vielen Bücher, die sie hat mit solchen und ähnlichen Gedanken selbst zu schreiben begonnen, um eine auf der Eiswanderung vergessene Liebe mit den fertigen Werken irgendwann beeindrucken zu können. Ihr Herz wälzt in großen Büchern, die von Märchen und Geschichten berichten, das hatte ihre Liebe gemocht; den ganzen Tag zu lesen und in einer tiefen Stimme über altbrüchigen Büchern zu schnarchen. Doch in diesem trostlosen Wald würde kein vor Liebe raues Stimmchen auf sie warten. Also bohrt sie sich Blickes Starren durch die Schwärze und erkennt nach einigen Sekunden, wie tatsächlich in unwegsamer, von gefallen Bäumen verschütteten Ferne die kleinen Lichter der wächsern schimmernden Dorflaternen durch das Astgrau aufschwimmen.

Hinter ihr knackt sanfte Stille durch den Wald und als sich das Kind erschrocken umdreht, zuckt eine humpelnde Kreatur der schemenhaften Reisenden in anbahnender Ferne auf das Mädchen zu. Die Kleine macht auch an dieser Kreatur eine schwarzblutende Klaue aus, sodass es womöglich dieselbe Spiegeltänzerin sein könnte, mit der sie zum Dorf gereist war. Ihr Körper jedoch war klobig und breit und gleicht vielmehr dem einer männlichen doch kriegsgealterten Statur. Da das Geschöpf auf sie zuläuft, ohne ihr nachzuahmen, müsse das hohlschwarze und verkrampft zuckende Gesicht des schemenhaften Körpers eher Gefahr statt Kontaktfreude ausdrücken. Sie dreht sich geschwind und zückt ihre Pistole, um dem Wesen zunächst zu drohen. Zwar verlangsamt es sich, doch als es die Klaue zaghaft greifend auf sie richtet, beginnt schwarzströmender Nadelregen auf sie zuzuschießen. Aus Furcht, verschlafenem Schock und angespanntem Reflex heraus, betätigt sie den Abzug, sodass ein roter Pfeil den schwarzen Ansturm besänftigt.

Der rotglühende Schuss breitet sich schleiernd und lodernd wie ein Netz aus Adern vom Hals bis in den Kopf der Kreatur aus, sodass sich am heißesten Punkt der Flamme Auswölbungen in dem unruhig zitternden Schemenplasma der Silhouette ausstülpen. An diesem Punkt scheint der Körper sich regelrecht blitzartig auszubauen, während sich an den im Eis furchenden und sich räkelnden Zehen langsam bestienartige Klauen ausformen. Ein Ungetüm erhebt sich aufbockend aus dem zuvor noch kauernden Flammenmännchen. Das Signalfeuer ist nun vollständig in den Kopf der Bestie gewandert, in dem das Licht wie ein gigantisches Auge rotzornend auf das angewurzelte Mädchen zielt.

Wieder reflexartig greift sie in ihre Tasche, in der nur noch ein Schuss sich versteckt, wo war der andere hin? Sie hatte doch nie vor kurzem einen weiteren Schuss außer dem in ihrem traumhaften Erlebnis im Spalt abgegeben, aus dem sie unwirklich zurück in der Walddüsternis erwachte. Nun, sie hat noch diesen einen Schuss in der Signalwaffe und der erhoffte Sonnenaufgang würde wohl nicht in der sanften Form aus den stummen Kreaturen springen, wenn sie in solch bestialischer Ausartung auf das zu reinigend geglaubte Feuer reagieren. Lautschallender Tumult macht sich vom Dorf aus breit und langbeinig sprintende Siedler schießen aus dieser Richtung über die Baumstämme.

Wie Grashüpfer, die vor wenigen Stunden erst das Landen erlernten, klatschen die Dörfler mit ihren klappernden Kiefern und schrill quiekendem Geschrei gegeneinander und in die durch die Luft peitschenden Äste. Kamen ihr die Wesen zuvor noch wie spirituelle Schamanen vor, erlebt sie die Abstrusität *der* Natur, in deren reinst chaotischen Welt sie sich befinden muss.

Geschwind entreißt sie sich der Gefahr, von dem absetzenden Biest erschlagen zu werden, das vollaufgewachsen über ihr in einem rossartigen Aufbocken verharrte. Sein wahnsinniger Blick in dem anfallartig zitternden Kopf verfolgt die Flüchtige, die sich beim Rennen panisch umdreht. Ihr Blick fliegt jeweils zu der Kreatur und ferner zu den abscheulichen Siedlern. Sie spürt direkt an ihren von durchgewetzten Strümpfen verlassenen Zehen und je weiter sie sich vom Dorf entfernt, wie viel kälter die Sohlen werden. Die Dunkelheit des Waldes beginnt mit dem weißer werdenden Boden leicht aufzuklaren, als käme ihr ein Ende des Baumdickichts in Sicht. Hätte sie endlich einen Weg aus diesem uferlosen Holzmeer gefunden?

Das Kind rennt um sein Leben, die Signalwaffe fest in der Rechten und die letzte Patrone gebannt in der linken Kinderklaue. Wäre sie erst aus diesem Wald entkommen, könne sie sich womöglich von einem Ufer auf eine Scholle retten oder sie würde anderen Menschen begegnen, die vielleicht die Gefahr dieses Waldes kennen und ihr mit bewaffnetem, scharfem Auge zur Seite stehen. Vielleicht aber würde auch die beschworene Sonne mit ihrem weisenden Blick ihre Kinderfüße durch den Wald tragen.

Was dort auch läge, sie muss so schnell wie möglich den hinderlichen Ästen am Waldboden ausweichen und, so sehr das Sonnenkind von Hoffnung behütet sein mag, dürfe sie nicht einmal stolpern. Bei einem Fehltritt verlöre sie den Vorsprung, den sie soeben mit einem lebensrettenden Abstand und fliegenden Beinen sichern konnte. Diesen Abstand bräuchte sie, um sich zumindest von einer möglichen Überwältigung am Waldrand zu befreien, welche durch einen Blick auf das unbekannte, brand-blendende Weiß am Ufer ausgelöst würde.

Kapitel 15:

Die Ich-Entgrenzung

Nur noch etwa zweihundert Meter und das Licht der Waldfrontöffnung frisst sich bereits in ihre Augen. Starken Sprunges gleitet die Schwarzhaarige über das Geäst, ohne erneut den Verfolgern nachzusehen. Ihr bleibt sowieso nichts anderes übrig, als die Hände während des Rennens vor das blendende Licht am Waldausgang zu wallen und darauf zu hoffen, nicht gegen einen Baum zu stürzen.

Kurz vor dem Ausgang, als das Licht am stärksten um die Hände rollt und ihre schwarzverlichteten Finger wie ein Nadelumriss zu überblenden beginnen, presst das Mädchen ihre Linke fest gegen ihr vor Blendung verzerrtes Gesicht und ballt die Faust um ihre Waffe; Mit Ihrer Rechten stürmt sie halbgepetzter und verdeckter Augen voran, die Signalwaffe streng und starr aus dem gleißenden Lichteinfall gestreckt; die Sonne bricht mit der Waldgrenze so extrem, dass sie für wenige Sekunden komplett erblindet. Sie fuchtelt wild mit ihrer Waffe, um sich reflexartig mit dem Metall im Nahkampf zu verteidigen. Daraufhin kehrt die, vom gleißenden Sonnenschein perfekt vorbereitete Sicht, auf das kristallblendende Schneeufer zurück. Dort am Eisstrand scheint eine verwundete, weitere Bestie zu schlummern, die sehr sanft und mehr verletzt als geschockt und mit schwarzsuppend blutendem Kopf zu der Kleinen am Waldrand hinüberschaut. Das Mädchen schlägt, ohne weiter zu zögern, in ihrem fortgesetzten Fluchtsprint nach rechts aus, um der Kreatur möglichst früh auszuweichen und den Vorsprung nicht zu verlieren. Schwarze Perle entströmen der sich humpelnd aufbockenden Kreatur aus dem entstellten Kopf; sie blutete in schwarzen

Strömen in einem silbrigen Tentakelfluss, wie er auch die Klaue der schemenhaften Spiegeltänzerin umgab.

Die Ausweichmanöver der Flüchtigen sollten sich als Fehler erweisen, da die Kreatur auf direktem Weg in ihre Fluchtrichtung aufmarschiert. Etwas lahmer und geschwächter als die andere Bestie, aber dennoch, gejagt in rasantem Tempo, schmeißt sich das Ungetüm den Strand geradlinig voran. Das Mädchen jedoch kann aufgrund der aufklaffenden Erde unter ihren Füßen in keine andere Richtung mehr ausweichen, außer, ihre Laufkurve direkt auf die Sturmgerade der verletzten Bestie zu lenken, sodass sich beide Wege bald in einem Todeskuss begrüßten.

Wenn sie aber ihre letzte Kraftreserve zückte, müsste sie sich wohl vor das Geschöpf retten können. Und nicht weit entfernt begannen die Stürme bereits am Horizont des Strandes direkt auf die Bestien zuzufliegen. Sobald sie nun also all ihre Agilität hervorbringt und den gigantischen Turbulenzen in Biest und Natur um sie herum ausweicht, würde sie einen sprintenden Vorteil gewinnen. Eventuell schleudert einer der Stürme die ungetümen Kreaturen und die soeben aus dem Wald hinausstürmenden Dorfwilden tief in den Spalt, so dachte sie für eine Sekunde, bis ein unentdeckter Sturm die verwundete Bestie von hinterher packt und einige Meter in die Luft hebt. Dort oben übergibt der Wind in nun zaghaft erscheinender Böenkraft das gewaltige Kraftpaket einer Bestie aus schemenhaft grauschwarzschlingender Aura an einen Orkan gewaltigen Ausmaßes.

Von hinten an rückt bestialisches Donnern über den aufbrechenden Waldboden, sodass ihre Füße schwankend an Halt verlieren. Die Stürme beginnen, den Waldrand und auch inwärts, Richtung des Dorfes, große Teiles der Waldfläche aus dem Boden zu heben. Als hätte eine höhere Macht ihre Hände im Sturz auf die Insel geworfen, bilden kleine Böen und kolossale Stürme große Schneisen in den Boden, heben Erde und Stämme aus und lassen schweres Geröll über den aufsprengenden Ozean regnen. Die im Vergleich zierlich zusammensackenden Sturmkutten des Ozeans scheinen im Hauch der Sturmgewalt tanzwirbelnd auszuweichen, vermengen sich schließlich in größer werdenden Turbulenzen, die wie ein vom Tisch fallender Kreisel in aufklaffende Eisozeanrisse hinabgreifen, um dort deren mysteriösen Tiefpunkt aufzuscheuchen.

Die frostverklebten Haare der Wanderin werden ihr strähnenweise vom Kopf gerissen, da sie sich wie ein Segel im Wind verfangen und aufgrund der abmagernden Kälte nur noch brüchig auf ihrer verfetteten Kopfhaut kleben.

Für den auf sie zukommenden Sturm, mit der Bestie hoch oben im Griff, müsse die stolpernde Kleine wohl wie ein wild umherhopsender Igel aussehen, der versucht, sich zwischen knarzenden Pferdekarren auf einer donnernd befahrener Straße in Sicherheit zu flüchten. Ihre Fluchtmöglichkeiten aber nehmen im Zusammenrücken der Sturmgewalten an der Küste ab.

Ohne sich weiter in instinkten Ängsten zu verrennen, bleibt das Mädchen stolzen Soldateneides stehen, wie es ihr vorgelebt wurde; sie salutiert dem Wald, der ihre Reise in Dunkelheit zu schützen und ihre Fantasie mit unergründbaren Rätseln zu füttern wusste. Sie dreht sich in winzigen Bruchteilen dieses ewig aufgewirbelten Augenblicks zu all den markanten Punkten, die einem ungeschulten Auge zwischen weißer Uferfront und dem schwarzverbrennenden Baumgepflüge des Waldes wohl wie ein Gemälde mit wahrlosen Pinselstrichkontrasten vorkämen. Die vielen kleinen Figuren, die nun ringsherum aus dem Wald fliehen, sprenkeln ihr Sichtfeld und verziehen in ihren leicht vor Eisgewirbel verkrampften Lidern zu hellen Linien. Es würde anhand der zunehmenden Schar an sausenden Siedlerlanzen wohl noch weitere Dörfer oder Jäger geben, die nicht zu ihrer Flucht um das eine Dorf versammelt waren.

Die Linien werden immer länger, je mehr grauweiße Punkte dem Wald entstürmen und sich schnell zu einer großen weißgrauen Masse bündeln. Als könne sie den frostdampfenden Atem der wahnen Bestie hinter ihr schon im Mark bissig spüren, bereitet sie sich in akzeptierender Manie auf einen unaufhaltsamen Zusammenstoß vor. Wie in der furchtgestürmten Vorstellung, entgegen der vorgegebenen Straßenrichtung auf die warnenden Scheinwerfer anderer Fahrzeuge zuzulenken, verwandelt sich das Geschehen um sie herum in eine Schlacht aus wilden Speerkämpfern, stürmischen Katastrophen und einer bestialisch rachemotivierten Beutejagd.

Keiner der im Schneechaos eingehüllten Figuren kann mit zunehmendem Schneegestöber kaum mehr als drei Armlängen hinaus noch sehen, doch das glühende, umgebungsverhellende Rot des erbosten, anspringenden Bestienkopfs bleibt der Kleinen auf etwa dreißig Metern umrandet.

Auch der Himmel zeigt ihr weiterhin die fliegende Kreatur, in der sich, nach all diesen für sie deutlichen Zeichen bloß der Sonnenfötus verstecken könne. Wenn nicht ein weiteres Signal ihren Griff zur Waffe angeführt hätte, würde sowieso das Schicksal und ihr, mit Ohnmächtigkeit drohend, naher Tod ihre Faust mit dem Geschoss in die verschmauchte Kammer der Signalpistole legen. Aber dort oben, inmitten des stürmischen Treibens, rast ein metallenes Objekt durch die Schneewolkenwände – ein unverwechselbares, nachladeprovozierendes Signal. Als hätte dessen Feuerbiss eine Tiefe Furche im Sturm hinterlassen, scheint die Zeit still zu stehen und der Sturm erschöpft in seinem ergreifenden Drehmoment. Schneller als das Kind die Waffe auf die Bestie richten kann, applaudiert ein lauter Schlag im Himmel ihren unbeholfenen Ladekünsten; die Luftmaschine verschwindet in atemberaubender Geschwindigkeit vom Horizont und ihr Bild wird schnell von einem unerwarteten Ziehen an ihrem Mantel verdrängt. Eine Hand eines gesichtslos verschneiten Kleinkindes erscheint ihr in den letzten Sekunden, bevor sie die Waffe auf die fliegende Bestie richtet und bereits den ersten Stoß der Bestienklaue direkt hinter ihr aufkommen hört. Eine kleine Jungenstimme flüstert ihr kaum wahrnehmbar durch den Wind, doch sie versteht, dass der Junge ihr eine Anweisung erklärt, "Mit offenen … ", den Rest verschluckt der Sturm. Dabei zeigt die Kinderhand, so schnell sich der Kleine nur bewegen kann, auf den sturmgeschleuderten, verwundeten Koloss. Was hat dieser Kindermund nur zu bedeuten? Sollte sie Kreaturen mit offenen 'Wunden' befreien? Gerade als sie ihrer schussbereiten Fantasie von der aufgehenden Sonne vorfreudig berichtet, tauche nun ein kleiner Irrsinn ihrer Vorstellung auf, um ihre Leuchtfeuervision in einer Offenbarung zu festigen? Diese kleine Stimme befiehlt ihr förmlich, den letzten, wertvollen Feuerschuss in das kreiselnde Sturmnest zu verbrüten. Würde dadurch vielleicht das Siegel der vollkommenen Entartung dieser Welt gebrochen und die Sonnenbeschwörung abgeschlossen, so hofft sie.

Des Aufgangs Sonne nur das Leid bescheint, wo Untergang um weit'ren Gram weint; sie täte Recht, wenn sie bedürftige Geschöpfe von deren Leid erlöst, nur dann könnte neues Glück entstehen. Mit diesen Gedanken bohrt sich auch der kalte Kontakt der ersten Klaue tief in ihren angsterkürten Verstand. Gut vorbereiteten Zielens rastet ihr Finger im Abzug und der Ruck, der hinter ihr einschlagenden Bestie, lässt die Szene um das Mädchen in ein rotverwaschendes Mündungsfeuer tauchen. Der Schnee um den Signalpfeil explodiert in orangen und stechend blutigen Tönen. Wie nie zuvor atmet sie dem Zischen des Feuers hinterher, das sowohl an ihrem Hinterkopf im Bestienmaul flüstert als auch aus Richtung der fliegenden Kreatur winkt.

Tunnelartig formt sich ihre Sicht durch die aufgespaltenen Schneewolken. Weißer Dunst brennt in glühendem Rot erhellt durch die Luft und kitzelt wie Feuerregen an den Wangen des Mädchens. Rauch entsteigt dem Bild, das sich nur noch in nebelig vignettiertem Weißgrau um ein zentrales Flammenrot verkernt. Hinter aufgebenden Lidern tauchen Kinderaugen in einer aufblitzenden Leinwand, die den Strahl eines glühenden Geschosses wie einen Sonnenaufgang skizziere. Wieder packt ein heftiger Ruck den zotteligen Kopf und wirbelt ihn in mehreren Umdrehungen über die Uferwelt und näher auf das Sonnenbild zu. Ein Spiegelbild tanzt, im Sichtrand nervöser Augenblicke, mit den müden Augen und den vielen Lichtern, die sich um den Bärtigen ausbreiten. Sein Atem stockt und bleibt noch unerhört, aber einer langen Schlafphase entwacht er mit schmerzendem Fleisch und verklemmten Knochen in der kryostatischen Kammer des Landeshuttles "Awakening". Im Sturzflug und unberechneten Zirkulationen, rast es mit dem ihm inneren Pionier auf den Jupitermond Europa zu. Das Shuttle dreht sich in solch einem Schuss, dass die ferne Sonne wie ein stückiger Faden in Bruchteilen über der Sichtluke klebt, die den verstörten Blicken des einsamen Insassens eine nahstürmende Bruchlandung auf Europa offenbart.

Kapitel 16:

Verflochtene Erinnerungen,
offene Welten

ach dem Fiebertraum eines Kälteschlafs, hält er den Fokus auf seine Mission immer noch klar im Blick; auf Europa müsse er nach fremdem Leben forschen. Vor kurzem erst kamen große Mengen organischen Materials in die Atmosphäre und unterstützten die Theorie zum Leben unter der Eistektonik. Die Wissenschaft verfolgte ein interessantes und für diese Mission grundlegendes Phänomen: Auf den großen Riss vor etwa zwei Jahren zwischen den größten zu dem Zeitpunkt geschlossenen Platten, als ihre Seite des Mondes zum Jupiter gewandt war, folgte eine sich zunehmend ausbreitende Wolke Ammoniak. In den Tiefen der Europaozeane müsste sich ein komplexes Ökosystem befinden, in denen nie zuvor erdachte oder aber auch irdischen Spezies stark verwandte Lebensformen seit Jahrmillionen unerschlossen umhergeistern. Da selbst die neueste Teleskoptechnik leider keinen Tiefen-Scan durch die wärmeverschluckende Zusammensetzung der Mondoberfläche ermöglicht, muss der bärtige Auserkorene die Mission manuell in der Jupiterumlaufbahn verrichten und verwertbare DNS-Spuren sammeln. Oder er muss kreativ werden und nach organischen Materialien ausschauen, die auch Leben einschließen, welches nicht auf Kohlenstoffbasis reagiert.

Vielleicht enthält die Wasserperle des vergötterten Gasriesens genau das Leben in sich, das sich zuvor in einem einsam durch den Kosmos wandernden Eiskoloss mit unseren irdischen Ursprüngen ein Nest teilte. Ansonsten wäre diese vollkommene Eiswelt, sofern sie das versprochene Leben birgt, aus einem isolierten Zustand der perfekten, bisher stummen Komposition organischer Bausteine entstanden.

Die Öffentlichkeit erhofft sich natürlich trotzdem den Sensationsfund einer komplexen und empfindsamen Intelligenz, aber ganz ohne die kraftvolle Dynamik des Lichts und seinen sauerstofffeuernden Konsorten der Biodiversität müssen die Geschöpfe dieser kalten Tiefseenacht eher von lahmer Natur sein. Womöglich trubelt sich die Lebensfreude näher den mondkernnahen geothermalen Ursprüngen. Der Druck dort dürfte jedoch für eine fortpflanzungsbehindernde Unbeweglichkeit sorgen und, wie von der Zeit verschluckt, die ältesten der Lebensformen beherbergen, wenn ihr Lebenswille *creatio ex nihilo* aus der Dunkelheit entstanden wäre.

Der Erwachte zählt sich wie wahnsinnig all diese Missionsdetails vor. Gerade bei einem Aufprall müsste er schnell reagieren, um zumindest eine Notsonde mit ausreichend Treibstoff eines vielleicht auslaufenden Tanks zu befüllen. Damit könnte er dann versuchen, die Proben nach Berechnung durch den Bordcomputer zurück zur nächsten Station auf dem Mars zu schießen, wenn das beschädigte Shuttle ihn nicht wieder in den Orbit brächte und das Mutterschiff, die "Sleeper", sich durch eine bisher ihm noch unergründbare Katastrophe zugerichtet im All verteile, sodass kein Mensch den Europamond mehr verlassen könnte.

Wenn er aber sein Landeziel verfehlte, würde er nicht nahe einem der ozeanischen Schlamm aufschwemmenden Risse aufkommen, sondern inmitten einer undurchdringbar schweren Eiskruste, die den Rissen so abgelegen sein könnte, dass er nahezu Monate einen unmöglichen Todesmarsch schleppen müsste, um am Missionsziel anzukommen – und dann denselben Weg zurück zum Shuttle, wenn es überhaupt funktioniere und er damit nochmal andocken und seine Frau auf der Erde wiedersehen wöllte. Die beiden streckeneffizienten Rover würden sicherlich beim Aufprall, mit solch ungebremster Geschwindigkeit, zerstört werden. Sie befinden sich in der Shuttlezone, die hoffentlich ausreicht, um ihn zumindest mit leichten Knochenbrüchen aber lebendig und landen zu lassen.

Der Erwachte bebt vor Panik in seinem Kryosarg und ein hellrot aufleuchtender Knopf flackert wohl schon seit einigen Stunden, da ein Display die Zeit seit dem Aufprall mit einem Asteroiden über ihm anzeigt. Seit der Detonation vor 20:19:12 Stunden, in der das Mutterschiff "Sleeper" und damit seine Träume von der Heimreise zerstört wurden, traumtänzelt die *Awakening* nun im Orbit von Europa und verstreut ihren Metallsand über den tektonischen Eisflotten Europas. Aus dem anderen Augenwinkel erkennt der Bärtige, durch die dicht gewucherten Augenbrauen, wie große Stücke Hardware des Bordcomputers und der Navigationsintelligenz aus einer aufgerissenen Systemhülle entreißen und in einem Bogen weit von dem Pionier landen werden.

Als er noch im Krieg kommandierte, war es ihm immer eine große Hilfe gewesen, sich seine Missionsdetails konstant aufzusagen und einen kühlen Fokus zu sichern, wenn die Hitze der Situation diesen zu verblenden versuchte; da die künstliche Intelligenz nun mit schwarzschleiernd abgerissenem Kabelschopf ihm aus horizontaler Entfernung zuwinkt, müsste er dieses Modul schnellstmöglich sichern, um seinen Tausch mit dem Planeten besiegeln zu können: Sein Leben, gegen einen Nobelpreis, mit dessen Preisgeld seine Frau wohl seinen Tod und den unerfüllten Kinderwunsch verkraften könnte. Seltsamerweise beschleicht ihn dennoch dieses unangenehme Gefühl, dass sich dieser Kinderwunsch irgendwie erfüllt hatte und durch einen Verlustschmerz ersetzt wurde; vage Gedanken um seinen Kryoschlaf wärmen sich auf und die Erinnerungen an eine ewige Wanderung durch seine Gedankenwelt offenbaren sich mit einschlagenden Rückblenden über das Drama um den Uferwald. Als wäre er bereits in seinem möglich bevorstehenden Unheil einer unmachbaren Wanderung über die eisplatteten Europakontinente gefangen gewesen, erinnert er sich an einen gewaltigen Riss, der sich mit unterweltlerischen Gedärmen, aus greifenden Händen und dunkelblau schimmerndem Abgrund, hinter ihm erzog – eine Vorahnung? Hatte er vielleicht in seinem Schlaf doch mehr mitbekommen, als sein noch vernebelter Verstand ihm verraten würde? Faktisch kündigt jedoch die Glasluke, in der Europa nun dicht auflauerte, den Absturz an. Durch die erhellte Luftdünste, die von seinem frisch erwachten Schweiß ausgeht, legt sich ein Frostkondensat um die Glaskuppel und zeichnet die kleinen äußeren Risse nach, die ein Gesteinshagel beim Aufprall mit dem Asteroiden wohl hinterlassen hat. Das Fenster selbst schmückt sich im abgedrückten Antlitz des Jupitermondes mit den vielen kleinen Eislinien, die mit jedem treffenden Lichtstrahl der Armatur und des schwachen Sonnenlichts aussehen, als würden sie sich wie die gigantischen Europaschollen miteinander verflechten.

Wie eingefroren, bildet die Luke den Jupitermond als Standbild ab und untermalt die Szene ironisch mit dem dramatisch rotierenden Hintergrund des echten, risslachenden Tektonikmonstrums.

Eine hellblechernde weibliche Stimme kündigt sich hinter ihm an. Zunächst spielt eine, in dieser Situation fast schon scherzhafte Melodie ein und nach einer kurzen Verarbeitungspause sprechen die primitiven Überreste des Bordcomputers, die nur noch die Überlebensfunktionen intakt halten, "Vitale Werte habe ich für Sie geprüft und nach dem erfolgreichen Abdocken von der Sleeper stabilisiert, sie sollten auf ihre Ernährung achten, einige Mangelerscheinungen musste ich begleichen." Aus der Ungläubigkeit über diesen defekt klingenden Schwachsinn, schüttelt der Erwachte den Kopf, um sich nicht von der fehlgeführten Stimme der Maschine ablenken zu lassen, "Sobald wir gelandet sind, achten Sie bitte darauf, Ihre Prothesen zunächst funktionsumfänglich mit mir zu prüfen.", die Ansage vernimmt er gerade mehr wie Rauschen und seine Ungläubigkeit verwandelte sich in Angst, "System? Welche Prothesen?". "An Ihnen konnte ich keine Prothesen feststellen, bitte korrigieren Sie Ihre Eingabe." Etwas stimmt nicht, die medizinische Versorgung scheint beschädigt und wenn er etwas aus den Übungen mitgenommen hat, dann bedeutet dieser Fall, dass das System womöglich eigenmächtig eine neue Bewertungsgrundlage für die vitalen Prioritäten eines Menschen festlegt. Die Technik würde selbst im systemischen Ernstfall und im Totalausfall der künstlichen Intelligenz nur Maßnahmen ergreifen, die den Menschen möglichst lange am Leben halten, "Sauerstoffzufuhr konnte durch einen rapiden Druckabfall nicht gesenkt werden, ich habe Ihre Lebenszeit um dreißig Minuten erhöht" der Satz endet nicht in einem Ton, der auf eine gedankliche Unterbrechung hingedeutet hätte, stattdessen verwandelte sich die Frauenstimme kurz in ein undeutlich wahrnehmbares Gestotter, bis schließlich eine Warnmeldung ausgesprochen wird, "Psychoanalyse vollständig, kryostatisches Programm S.I.L.A.S. abgeschlossen. Ich habe einige Änderungen an ihrer Kryosimulation vorgenommen, sodass sie im Schlaf auf die aktuellen Umstände Europas vorbereitet wurden, die ich mit zunehmender Nähe des Mondes besser analysieren konnte. Wir werden eine ideale Landung erwarten - psychotischer Anfall in neuronaler Rückkopplung - Systemneustart - Vitale Werte habe ich für Sie geprüft und nach einem erfolgreichen Andocken ..." Die Maschine scheint sich in den ihr mental begrenzten Räumen der Schiffsintelligenz zu bewegen und ihre Ansage wie eine aufgestaute Fehlermeldung zu wiederholen, bis der Zottelkopf sich schweißtriefend und nervös mit fahlgrauer Haut und blutunterlaufen in einem kurz erleuchteten Seitenfenster erkennt und aufschreit. "Bitte bewahren Sie Ruhe, die Systeme laufen stabil, eine Kollision ist nicht zu befürchten. Schnellstart der Landungsmission wird initiiert - möchten Sie Ihren Anzug nun tragen?" Er nickt eifrig, vergisst jedoch, dass die Maschine in der Kryokammer vollständig blind auf die Stimme des Piloten vertrauen muss, sodass er seine schwächer werdende Stimme hervorbringt, "Ja bitte, schnell, du siehst vielleicht nicht, dass wir uns gerade auf einem Todesflug befinden." Die Maschine drückt einen sehr dünnen Gelenkarm unter seinem Kryosarg hervor und beginnt diesen an verschiedenen Schrauben zu öffnen.

Wenn er nun schnellstmöglich in den Schutzanzug käme, könnte er vielleicht die Notlandungskissen manuell justieren, das erhöhe seine Überlebenschancen massiv.

Filmreif dampft die Kammer beim Öffnen und ein leichtes Knacken macht sich bemerkbar, seine Sinne kommen fast krampfartig zurück, als wäre sein gesamter Körper über den Effekt der Kryostase hinaus eingeschlafen und mit dem Kontakt der kühlen Shuttleluft flammte all der Schmerz auf, den seine Simulation sehr echt dargestellt haben muss. Seine schlafvergessenen Beine und Arme fühlen sich nun an, als hätten sie sein gesamtes Leben schon ständig gekribbelt und blieben ewig gequetscht – er erinnert sich in halbaufgetautem Erwachen kaum an deren Normalzustand.

Noch kann er kein Gelenk eigenständig bewegen, um sich schnell an den Gliedmaßen zu kratzen, die sich nach dem Gefühl an seinem Rücken in einer gelartigen Flüssigkeit befinden müssen; die Verschlusskappe des Betts scheint zu hängen und er wird mit gut gesichertem Halt weiterhin in sein Kryokissen gepresst. Die auf ihm liegende, schwere Platte beginnt, im Takt von Systemfehlern leicht zu rütteln, verharrt teilweise in kurzsekündigem Stocken und gibt anschließend in einem totalen Systemneustart des hinterbliebenen Bordcomputers auf. Das Licht des Shuttles schlägt auf aus und die roten Lampen des solarbetriebenen Notstroms flammen um ihn herum auf. *Sechs kleine Lichter* umkreisen sein schwindendes Bewusstsein, welches im Rampenlicht des Absturzes vorsichtig den Hals verrenkt, um unter der Platte des Betts einschätzen zu können, wie viel Platz ihm zum Rausmanövrieren bleibt.

Als hätte seine Haut keinen noch tiefweißeren Zug annehmen können, erstarrt sein Kiefer krampfartig und sein Nacken schlägt, wie vom Trieb aus Angst und Wahnsinn gepackt, zurück in das Kissen; was er unter der Platte sah, war ein Schlachtertisch. Ausblutende Gliedmaßen lagen neben den teilweise nur halbmontierten und stumpfgelaserten Körperstellen, an denen der Medibot die Prothesen hätte zumindest richtig anbringen müssen. In dieser todüberbringenden Erkenntnis über die Fahle seiner Haut, den defekten Auswürfen der Maschinenstimme und den unwirklichen Schmerzen an seinem gesamten Körper, blendet er seine Mission und seinen Starrsinn vollkommen aus; der Erwachte wurde noch vor der Landung in einen Halbstumpf verwandelt, schließlich müsste er auf dem einen Bein noch stehen und mit dem linken Arm noch heben können, sofern die Landung traumhaft rettend verläuft.

Irgendwie würde er entweder lebendig und vermutlich nackt auf die sofort erstarrende Kälte zukriechen, Blechgeröll über seiner Bruchlandung wegschieben und einer hinter sich hergezogenen Blutspur Pinsel leisten, oder aber Todesstille befreit ihn, bevor er den Aufprall wirklich miterlebte. Vielleicht aber wird er auch ohnmächtig und erfriert ungesehen und einsam auf der Mondoberfläche.

Zaghaft stotternd und auf einer rustikalen Schiene des mechanischen Notsystems, fährt ein Greifarm mit einem Helm auf das Gesicht der Halbleiche zu. Nachdem die Schüssel dem Erwachten streng um den Hals geschraubt und sein restlicher Körper ansonsten befreit von Kleidung und Lebenskraft bleibt, spuckt der armselig Verstümmelte einen Pfropfen Blut aus seiner Kehle direkt auf die Scheibe des Helms. Wie eine Kinderhand schmiert das Blutgebilde an der Frontscheibe hinunter und seine inneren, bereits geronnenen Flocken schreien über die nahezu mystischen Blutzeichen des Erwachten Auswurfs kläglich um Hilfe für die leidenden, noch im Kryosarg verscharrten Stücke an intaktem Körper. Eine Helmkamera aktiviert sich und spiegelt weit unten rechts, doch nicht zu übersehen, sein schmerzverzerrtes Gesicht, welches langsam seine fast epileptisch angegriffenen Augenlider zu schließen beginnt. Wenn das System mit der Simulation nun Recht hatte, war er auf den Tod im Eis gut vorbereitet worden, wenn er diesen nicht wieder mit offenen Augen erleben wollen würde. Alles was er nach dem Aufprall, sofern er ihn überlebt, noch so schnell wie möglich retten müsste, ist jede erdenkliche Mondmaterie um ihn herum und allem voran das wichtige Stück K.I., welches sich beim Todesflug verabschiedete. Vielleicht würde er es auch schaffen, einen Bohrkopf zu konfigurieren.

Mit fast geschlossenen Augen schießt ihm gedanklich das Flugzeug aus seiner Traumsimulation durch die blutbespielten Wimpern. Ein erleuchteter Rotton bemalt dessen Außenhülle und auch die vom Sturm ergriffene Bestie macht sich angsterfüllenden Kreischens in seinem Kopf breit. Ein lauter Schlag des ächzenden Schuttleschrotts peitscht auf und das farbverlüstige Bild zwischen seinen Wimpern verwandelt sich in ein Gemälde aus schwarzsilbrig glänzenden Härchen, die wie Tentakel in den Lichtnadeln eines grellen Feuerwalls wühlen.

Kapitel 17:

Mit Offenen Augen

osendes Weiß breitet sich um ihn herum aus und schwere Füße drücken unter ledrig stiefelige Haut auf einen Untergrund, so kalt wie Eis, doch weich wie verschneites Samt. *Sechs weiße Silhouetten* zeigen um ihn herum auf einen menschlichen Kopf, der sich nicht real anfühlt. Das letzte Geräusch, was er in dieser Sekunde noch nachbeben hörte, scheint wie durch eine gestörte Funkverbindung auszuklingen, lautes wiederkehrendes Piepen schießt durch die Ohren, die sich für den Kopf wie angenäht und doch kontaktlos anfühlen. Die schemenhaften Kreaturen beginnen, an Leuchtkraft zu verlieren und lehmfarbene Konturen bilden sich unter ihrem zuvor noch weiß-transparenten Schleier aus.

Wie in einem videobearbeiteten Zaubertrick gleitet ein Schwamm über seine Sicht und wischt das blendende Weiß auf, das sich zuvor aus dem Graudunkel der schließenden Wimpernzange explosionsartig erleuchtet hatte. Wortlos sprechende Münder sitzen in mahnend gebanntem Blick um das Bett des regungslos fremden Körpers. Seine Augen mussten sich nicht erst an das Licht der Neonröhren gewöhnen, da sie - so trocken der Schweiß um die tiefen Augenhöhlen in sein Augenweiß kriecht - bereits seit einiger Zeit offen liegen.

Die Stimme des Funksignals klärt auf, unter dröhnender Wiederkehr seines Hörsinns. Dumpf schallen die vielen Schritte aufgeregter Menschen vom Flur, an dem das Zimmer angeschlossen liegen muss.

Das Piepen wird immer heller und schrillt in seinem Kopf, sodass der Fremde versucht, sich in die taube Dunkelheit eines trockenjuckenden Augenblinzelns zu flüchten. Die vielen neuen Lichtimpulse brennen sich so sehr unter seine geschlossenen Lider, dass er statt Dunkelheit ein Mosaik aus wabernden Farbtupfern vor sich bestarrt.

Während einem Moment der Stille, als hätten die geschlossenen Augen ihm seinen Tastsinn tatsächlich und vollständig heimgeholt, flammt die Taubheit seines Körpers auf und er merkt, wie seine Beine und seine Arme wohlbehalten und doch kränklich schwach um seinen Körper zucken. Als würde sein Zeigefinger einen Stift kurz anstupsen, rückt der Finger näher zu den Umsitzenden; ein weiteres Gerät springt lautstark an und übt kreischend Druck auf den überfluteten Sinneskanal des Fremden.

Während der Schmerz zwischen seinem Fleisch auszustrahlen scheint, müde Knochen erwachen und einige schlaffe Muskelpartien drumherum in seinem Kopf zu beben beginnen, öffnet er langsam erneut seine Augen. Diesmal verwandeln sich die Gestalten in die Umsitzenden, als hätte ein starker Wind den Schnee seiner Träume durch das Krankenzimmer gewirbelt und die Kälte aus dem Raum getrieben.

Tränen quillen seinen Wimpern empor und drücken sie unweigerlich auseinander. Aus antrainiertem Reflex seiner schwindenden Erfahrung im Eistraum, befürchtet er für einen Moment, die Augen könnten ihm durch die Nässe erfrieren, sodass er panisch versucht, seinen Arm zum Abwischen zu bewegen. Leider erschöpft sich diese Bewegung in einer kleinen Zuckung seiner Hand. Kraftlos gelingt es ihm schließlich den Arm ein Stück zu drehen und seinen Kopf auf die linke Hälfte der nur noch drei Sitzenden zu richten. Mit mahnendem Blick starrt ihn eine Frau an. Ihr Blick durchdringt seine schwach pulsierten Adern, als wüsste sie von allem, was ihm in diesem Traum widerfahren ist; von ihrem aufgebend abflachendem Geschwafel liest er noch

halbtaub von ihrer Lippenformung ab, dass sie sehr häufig *"Du
…"* anprangernd einleitet. Als sie seinen Bewusstseinszustand
für voll nimmt, scheint sie erst, wie versteinert zu verdutzen,
steht dann jedoch auf und nähert sich ihm, um seinen Arm fest
zu pressen und ihm tief in die Augen zu sehen. Die abgekauten,
doch spitzen und schlecht von Lack befreiten Nägel der zottelig
Kaputtblondierten bohren sich mit einer Kälte in sein Fleisch,
dass er wider Erwarten seinen Arm zur Wehr setzt und sich ab-
zustützen beginnt. Auch der einstürmende Arzt – drei kurzzeitig
verschwundene Gäste scheinen ihn schnell geholt zu haben -
wuselt aufgeregt um ihn herum und versucht ihn, zurück in das
Bett zu drücken, "So bitte legen Sie sich hin, Sie haben alle Zeit
der Welt, zurückzukommen, wir werden Sie, so bald wie möglich, rehabilitieren, aber geben Sie sich Zeit!", "Er braucht keine
Zeit mehr, er hat nun auch die seiner Tochter. Gucken Sie sich
doch diese Augen an, nach dem erholenden Schlaf… so ausge-
lassen, ohne Reue, da scheint jemand eine lange *Siesta* vor dem
Gewissen gefeiert zu haben, oder?" Die aufgebrachte Frau richtet ihre letzten Worte ab vom Arzt, zielt mit spitzen, verwitzeln-
den Schmolllippen auf den Fremden und unterstreicht ihre Frage
in einem Ton, als müsste sie mit einer schwerhörigen Pflegestu-
fe sprechen. Obwohl sie eigentlich dem Arzt ausführend ant-
wortet, bleibt ihr Blick auf den Fremden gewendet, "Herr Doktor wissen Sie, warum ich all die Zeit noch hier hergekommen
bin?" "Das kann ich Ihnen schwer beantworten, ich denke aus
Liebe wird dies nicht motiviert sein, ich weiß nur, dass Sie den
Therapieerfolg Ihres Mannes …" "Ex-Mann! Und ich muss Sie
warnen, *Herr* Doktor, bevor Sie mich verurteilen, dieser Mensch
schuldet mir Antworten. Ich habe lange genug … ", "Bitte beru-
higen Sie sich jetzt, komatös verwaschene Antworten werden
Ihnen keinen Frieden für Ihrer beider Verlust bringen. Ihr Mann
sollte sich … ", "Unterbrechen Sie mich nicht!", " Wenn Sie

meine Therapie gefährden, muss ich Sie bitten … ", "Oh nein, Sie werden mich nicht aus diesem Zimmer bringen." Ein starker Arm erscheint aus dem Nichts und greift nach der in kreischendem Schock auftanzenden Dame. Ein stämmiges Gesicht folgt dem trainierten Arm und mit leicht vorwurfsvollem, doch aufatmendem Blick, beäugt es zunächst den Fremden im Bett, der verwundert in die Runde schaut, und zieht die Frau weg, die sich eben noch vor dem Doktor aufgebaut hatte, "Mama… bitte komm, wir haben lange darüber gesprochen." Ohne einen weiteren Blick auf seinen Vater zu werfen, richtet sich das neue Gesicht mit Stattlichkeit auf und beginnt auch den Doktor auf ein Wort zur Tür zu ziehen.

Aus der verschollenen Unsicherheit erwächst ein inneres Brennen in dem Liegenden. Sein Körper drängt ihn zu einer Bewegung, die für seinen Zustand wohl einer unmenschlichen Akrobatik gleicht, indem er sich gedankenverloren und in beratender Abwesenheit der Sitzenden aufrecht aus seinem Komasarg stützt. Sein Arm schlägt auf das kühle Metall des Krankenhausbetts und Gedanken über einen Autounfall verschwimmen mit der beängstigenden Nahtoderfahrungen der Eiswelt, die anscheinend für eine lange Zeit eine eher repetitive, selbstschützende Realität gewesen sein musste.

Er zieht sich den Schlauch aus dem Mund, sodass das Stück Plastik, beim Sturz auf den Boden rasch die Aufmerksamkeit der Umhersitzenden für sich gewinnt.

Wie in einem Traum, in dem der Fremde jedoch keine Vorstellung von einer Realität mehr hat, befindet er sich zu diesem Zeitpunkt bereits vor der großen Fensterfront zum Balkon des Einzelzimmers – Gedanken und Bewegungen verschwinden in seinem amnesierenden Wanken. In einem weiteren Moment aussetzender Wahrnehmung, stützt er sich auf dem Geländer des Balkons ab. Tiefe Stille kehrt in den Raum, die Anwesenden scheinen erschrocken und der Arzt musste bereits auf den Flur gerannt sein, um sein Personal um sedierende Unterstützung zu beauftragen; eigentlich dürfte ein Komapatient nach einem so schweren Unfall und einem solch lange auszuheilenden Trauma nicht mehr stehen können. Sein Blick auf den Dezemberkalender mit den vielen roten Kreuzen verrät ihm, dass es nun wohl knapp ein Jahr gewesen sein muss, seit er seine Tochter unter seiner Trunkenheit und voller Narzissmus in den Tod geritten hat. Durch den Biss seiner Hände in das stahlfrostige Geländer spürt er den ledernen Lenker wie Phantomschmerz, ein Steuerrad, dass er nicht mehr kontrollieren konnte. Mit trockenächzender Kehle bemüht er sich um einen sprachlichen Auswurf, der jedoch eher in einem schleimigen Räuspern endet.

Für ein paar Sekunden beharrt er in Stille, bis die Frauenstimme langsam auf ihn zuschreitet und fragt, "Was wirst du jetzt machen, kannst du mir nicht einmal in die Augen sehen?" Der Fremde verharrt in einsamem Starren, neigt seinen Kopf flüchtig zu seiner Frau, als wolle er etwas sagen, und kehrt schnell zurück in den dämmrigen Ausblick, der sich vom Balkon aus vor dem Fremden ausbreitet.

Während die spitzen Stiefel immer näher zu kriechen scheinen, teils unsicher, teils sehr bewusst darüber, den Mann über den Balkon zu werfen, versteht der Vater seine Reue in den verflochtenen Komaträumen, die sich wie scharfe, eispeitschende Schnitte zwischen die Darstellung des Sonnenuntergangs und seiner Gedanken zwängen. Als hätte sein eisastraler Ausflug einen Riss in seinem Herzen hinterlassen, sticht der schmal züngelnde, letzte Sonnenstrahl über die Stadtlandschaft und trifft direkt in seine Brust. Ein unzubändigender und tränenerzwingender Schmerz breitet sich im Patienten aus, welcher mit festgekrallten Fingern am Geländer seine Tränen auffängt.

Sein schwacher Rücken verbiegt sich unter der Last der

muskellosen Masse an Haut, Knochen und aufgequollenen Trä-
nensäcken. Ohne zurückzublicken, versteift sich sein Kopf auf
die warme Natur der Betonwelt, die sich kilometerweit bis in
die angeklungene Nacht zum Horizont hineinflüstert. Silbrige
Fenster in stählernen Fassungen glitzern im Auftakt des Voll-
monds und zeigen in formkleiner Sichtferne eine Reflektion des
schwachen Vaters.

Um dem städtischen, schwarzen Strom aus Teer und Stein
eine neue Krähe als Zeichen der Freiheit einzumalen, setzt der
Vater mit einem ersten erfolglosen Schwung seinen Fuß hoch
zum Geländer. Die stattliche Sohnesfigur poltert geschwind auf
den Balkon zu und die Frau des Fremden schreit höhnisch auf,
ob sich der Vater nun auch wieder so einfach davon mache und
alle zurückließe. In ihrer zitternden Hand hält sie die Kette ihrer
Tochter, in die ein kleiner silbriger Schlüssel passen müsste, der
ihm auch im Traum um den Hals des Mädchens erschienen ist.

Der Mann jedoch, von letzter Todeskraft ergriffen und mit
unheilvollem Infarktstechen in der Brust, bringt sich über das
Geländer und lässt sich hinab in einen Fluchtpunkt aus verkleb-
tem, plattgewalztem Kieselgemäuer, das den Bordstein um das
Krankenhaus umfährt.

Vage Schreie und tosende Blicke rufen von oben und unten
der Klinik aus auf den sich auflösenden Wanderer zu. Blauer
Mantel fällt seinem Körper ab und breitet sich flatternd, wie
eine schwache, kühle Flamme, mit seinem Netztextil um den
Fallenden aus. Staub wirbelt vor die Sicht des Sturzwanderers
und als könne er kleine Sterne in ihnen erkennen, legen sie sich
leuchtend in seine vom Wind verzitterten Wimpern. Wie ein Vo-
gelschwarm aus einem Schlaf aufgescheucht, flieht der sich
Auflösende in die Luft und verteilt seine Gedanken zwischen
Horizont und Straßengerade. Seine Iris, von Mondschein be-
netzt, breitet ihren Ring hell und mit einer warm ausgebreiteten

Pupille um den winzigen Fixpunkt im Asphalt aus, der sich immer näher auf seinen nun sturgerichteten Kopf zubohrt. Standöl beklemmter Motoren schwimmt über den erschütterten Boden, durch das aufgebrochene Schwarz seiner Augen und mengt sich roter Blutstürze mit einem Wald aus hochgeschreckter Kieselkronen, die wie kleine Pappeln um den felsigen Bart im Aufknall schweben.

Düstere Tentakel brechen das schwarzrote Ambiente im Sichtfeld und ein silbriger Film gleitet über die Risse im Horizont, die sich in wabernden Linien über den Himmel ausbreiten. Verdunkeltes Auge blickt zurück in das leere Kissen des eisgestillten Betts hoch oben im Krankenzimmer.

Zwischen den flatternden Vorhängen des Fensters pfeilt sich das Tentakelfliehen, schmiegt sich um die Fransen des Kopfkissens und besänftiger Wimpernschlag legt sich aufgespalten in das kaltgepresste, einsame Kopfkissen der Klinik.

Bibliografische Information der Deutschen Nationalbibliothek:
Die Deutsche Nationalbibliothek verzeichnet diese Publikation
in der Deutschen Nationalbibliografie; detaillierte bibliografische Daten sind im Internet über dnb.dnb.de abrufbar.

Für Informationen zum Druck, zur Bindung und dem
zugehörigen Druckdienstleister, siehe letzte Seite/Extrab-
latt, welche/s unabhängig vom Manuskript vom Dienstleis-
ter angehängt wird.

Merchandise

Du möchtest das Projekt Schwarzer Flamingo unterstützen, indem du seine Poesie buchstäblich nach außen trägst? Über den Link schwarzer-flamingo.de/poetische-kollektion kommst du auf eine regelmäßig aktualisierte Zusammenstellung aus Stickern, Tshirts und anderem Merchandise. Du kannst auch den QR-Code des Buch-Covers mit einer aktuellen Smarphone-Kamera-App scannen und die Schwarzer-Flamingo-Website direkt darüber aufrufen. Von dort aus navigierst du über den Reiter „Poetische Kollektion".

Mit dieser Kollektion setzt Schwarzer Flamingo auf **Non-Profit**, sodass die Kosten für Druck und Versand ohne Gewinnziel gestaffelt werden. Das eigentliche Ziel besteht darin, Poesie leicht zugänglich zu machen, Menschen häufiger mit poetischen Werken in Kontakt zu bringen und hoffentlich zu inspirieren.

Gerne kannst du selbst auch Motiv-Vorschläge für den Druck von Tshirts , Stickern und sonstigen Merchandise-Artikeln über diese Mail einreichen:

futter@schwarzer-flamingo.de

Speziell zum Buch gibt es ebenfalls Merchandise, welches du dir auf der Seite zu Der Unknall aussuchen kannst. Dort erhältst du auch Zugriff auf kostenlose Begleitwerke aus dem Universum des Buchs, wie "Der Unknall: Das Boot", in denen du mehr über die Welt und die Zusammenhänge von Der Unknall erfährst. Genau dieses Begleitwerk ist dieser Buchversion auf den folgenden Seiten als verstecktes Kapitel angefügt:

Kapitel 0.5:

Das Boot

Seit nunmehr Tagen wandert der Bärtige durch diese von wärmenden Oasen verlassene Eiswüste. Bisher ward ihm keine einzige Insel zu Gesicht und sein Schritt spannt in Gedanken an den Erfrierungstod an. Die Leuchtfeuerwaffe, eng um sein Knie gebunden, stützt das schwergefrorene Gelenk, bietet ihm zumindest im Glauben ein wenig Sicherheit und lässt sein schmerzverzerrtes Humpeln mit einem erlösenden Ausfallabstützen schwanken. Die abgewetzten Knobelbecher, seine Soldatenstiefel, poltern förmlich über die dünne Eisschicht, auf der er zu wanken glaubt – vielleicht befindet sich auch nichts Flüssiges unter seinem fetzenbesohlten Dasein, außer einer eisigen Starre, die tief in die sonnenungeküsste Unterwelt dieser sturmverforerenen, weißblendenden Ewigkeit schluchzt.

Zwischen den frostzotteligen, schwerverfilzten Haaren blitzen zitternde Pupillen zum Helmsaum hinauf, an dem einige Eiszapfen auf die Augen des Wanderers zielen; sie mussten in der ständig wechselnden Sturmrichtung gewachsen sein und ranken nun spiralförmig direkt in das Gesicht des Bärtigen, um sich dort mit den eisverkrusteten Tränenschlingen, in seinen Falten, zu verbünden. Auch kreiseln die vielen weißsäulenden Stürme um ihn herum, sodass er beinahe die dunklen Umrisse eines länglichen Objekts in der Ferne nicht erkannt hätte. Der Bärtige erschrickt darüber, wie markant diese schwarzbrennend, doch schleierhafte Form sich durch die auf dem glatten Eismeer füßelnden Sturmspitzen in das Sichtfeld des Soldaten frisst.

Unberührtes Eis ebnet seinem fast zu einem leichten Rennen angezogenen Humpeln den Weg und mit einem von Frost schwerbeladenen Sprung hechtet der Wanderer auf etwas zu, das ihm wie ein altes Angelboot erscheint. Die klassische Holzform schwappt seicht in einer kleinen Aussparung im Eis, die zu vermuten gibt, dass wohl doch etwas mehr Wasser unter dem tragfähigen Eisfilm der unendlich ausgebreiteten Weißfläche schlummern könnte. An den Rändern des Frosttümpels deutet der Wanderer jedoch eine tiefe Eiswand, die unmessbar wie ein Rohr in den Untergrund führt – als hätte jemand ein Loch in die ozeanische Platte geschossen und es mit Wasser aufgefüllt, anstatt die Stelle aufzuschmelzen. Säuberlich gebrochen zeichnet ein kleiner Riss am Rumpf des Bootes sich ausbreitend an; an dieser Stelle scheint das schwarzbraune Holz immer wieder anzuebben.

Um den Spalt nicht auszuufern, tappt der Wanderer, sich fragend durch den solide gefrorenen Bart bürstend, näher an das Vordeck. Als er sich, um in das Boot zu blicken, auf das Holz abstützt, sinkt die schwarze Schale deutlich ab und hinterlässt ein lautes Knacken im Eis, das dem Soldaten ungeheuer wie ein Echo durch den Kopf schwimmt. Erschrocken weicht dieser zurück und beobachtet hastig den Riss, der sich vom Rumpf aus in abruptem, unbestimmbar kurzen Abständen und Richtungen weiter ausbreitet. Nach einem geeigneten Fluchtweg ausschauend, verlässt der Wanderer die gefährliche Verlockung lieber, schließlich befindet sich sowieso nichts in dem seelen- und vorratslosen Holzsarg.

Der Riss schreit laut und weitere kleine Spalte brechen wie Finger auf seinem Pfad auf. Über ihnen fliegen einige Holzsplitter, die das in blaudunkle Dunkelheit stürzende Boot hinterlässt. Auch das Wasser des Frosttümpels scheint dem Boot dorthin gefolgt zu sein und die Quellleere eines kreischenden Risses entbricht dem ausgegossenen Frosttümpel.
Als würde der Riss den Wanderer erspähen, dreht ein großer Auswuchs des schluchtend aufbrechenden Ungetüms auf die humpelnden Knobelbrecher zu. Zwei tektonischen Platten gleich, entzweit ein gigantisches Gefälle direkt hinter dem Fliehenden in alle Richtungen. Er greift panisch zur Sicherheit und mit stabilisierender Kraft nach seinem Bein mit Leuchtfeuerwaffe, klammert sich fest um sein Knie und schmeißt es wie eine Krücke mit jedem Schritt voran, um das Fluchttempo zu halten.

Eisbeißende Flocken stürmen in die Sicht des Sturzhumpelstotternden und beginnen im aufkommenden Rotton des Sonnenlichts, in eine umhallende Nebelschicht zu verdampfen. Dem Fliehenden kommt es so vor, dass er nicht nur von wenigen Flocken, sondern einem Nebelsturm umschlossen wird. Traumhaft schaurige Landschaft formt sich aus den schleiernden Kontrasten in seinen müden Augenwinkeln aus. Weit greifende Berge verrenken sich aus dem Eisgrund, der, kaum noch sichtbar, von einem endlos tiefen Nebelfilm überkrochen wird. Eine Faust gigantischen Ausmaßes wischt durch den Dampfvorhang und prügelt sich fast schon panisch durch den Bund Regen, welcher der Eiseskälte trotzt und nachtschwarz vom Himmel herab vom Wind, wie in Stufen getragen, in Richtung des Wanderers absteigt. Des Regens Flug und Lauf wird anscheinend neben dem Wind auch von der Kraft einer unmöglich schwarzen Wolke getragen. Wenn doch die meiste Landschaft nun Rast nimmt und in einem seichten Rot der gepressten Sonne geküsst wird, bleibt die silbrig funkelnde, schwarze Wolke unberührt. In tiefster Ferne meint das geplagte Gesicht des Verschrockenen mindestens eintausend Vögel pro Daumenbreite auszumachen, die er nun samt seiner vermessenden Hand zum Himmel richtet.

Auch die Berge um ihn herum entkleiden sich ihres tiefen Schwarzes und beginnen, ihre Vogelschwarmgestalt zu enthüllen, mit der sie nun den Wanderer zu umkreisen beginnen. Schwarzer Regenteppich gießt sich unter Knobelbechern aus und bietet auf seiner Windtreppe Weg hinauf an der fuchtelnden Figur vorbei, die kolossal und mit schmerzverzerrten, ständig formwechselnden Auswüchsen auf der Brust in Richtung des kleinen Mannes dreht; er meint dort unter anderem ein bestialisches Gesicht, gleich einer Raubkatze, auf der Brust der waldüberwachsenen und steinbröckelnden Kreatur zu sehen. Der Kopf des Gigants jedoch bleibt umhüllt in ewiger Nachtschwarmwolke. Bis hinab zu den Schultern wandelt die im Nebeleis donnernde Figur durch die Wolkenmasse, sodass jedes Gigantengeschrei und jeder Auswurf kopflos verschluckt bliebe, ohne den Wanderer von dem vielen Federpeitschen und rauschenden Vogelgekreische abzulenken. Wie ein Sturm umdreht die Wolke nun Koloss und Wanderer und ein rotglühender Kern bildet sich aus den Lichtstrahlen, die es schaffen, das Vogelschwarz zu durchdringen.

Steine im Himmel hängen an relativ dünnen, aber starken Wurzelgeflechten von den Oberarmen und Schultern herab, auf denen ganze Wälder emporzuschießen scheinen. Würde sich das Geschöpf hinlegen und sähe es in seiner kämpferischen Haltung nicht so bedrohlich aus, würde es vermutlich einen hervorragenden Schutz vor dem Eissturm bieten. Anhand des dumpfen Donnerns der aneinanderschlagenden, hängenden Felsbrocken wird dem Wanderer die Größe des Giganten zunehmend bewusst. Als hätte dieser den Gedankengang erhört, beugt sich die landschaftende Kreatur wolkenreißerisch über den kleinen Mann und ein Hauch des verworrenen Gesichts blitzt für einen Bruchteil durch die Schwarmdecke – nicht jedoch genug, damit der geschockt Angewurzelte eine menschliche Fremde oder Vertrautheit hätte deuten können; das Gesicht wie auch der Körper scheinen nur ungefähr, doch keinem menschlichen Abbild wirklich zu gleichen.

Im ersten Versuch steigen die Knobelbecher auf den Regenpfad, verlieren dabei schnell an Halt, da die Regenleinen wie Saiten eines Instruments auseinanderbiegen und des Wanderers Balancierakt direkt in einem sich endlos ankündigenden Fall ersticken. Die Vogelbilder verschwinden im fernkriechenden Nebel, der wieder Sicht zur eisozeanischen Weite aufklärt. Der Kopf des Wanderers fällt hinab in einen Schlund, sein Körper aber klebt wie gebannt mit den Händen abgestützt auf dem restlichen Holz, das von dem Boot noch zurückgeblieben scheint. Er ist wohl aus einem Wahn zurück erwacht und mustert nun den endlos tiefen Fall des Bootes, wie es in dem verfolgerischen Riss zersplitternd abgetaucht ist. Schnell müsste er wieder aufstehen, da ihn sonst ein ähnliches Schicksal ereilen würde. Doch mit letztem raschen Blick fängt der Wanderer einen furchtvollen Eindruck des auf ihn zurennenden Risses, in dem er sich, auf-

grund der Düsternis, tausende ineinander wabernde Hände vorzustellen glaubt.

Gedanken aus dem Eis:
Über die Autorin

Alexandra Svenja Meyer geboren in Soltau, aufgewachsen in Fulda (Hessen) und erwachsen in der Metropolregion Rhein-Main begann bereits in der Schulzeit, Literarités für poetische Performance zu nutzen und sich in die Welten traditioneller, moderner und abstrakter Kunst einzuforschen. Inspiration für ihr eigenes Schaffen bezog sie besonders in den Jugendjahren vor allem aus ihrem direkten Umfeld, wie ihrem zu der Zeit als Streetartist tätigen Vater Sven und ihren beiden Künstlergroßeltern Karin Fischer und Sieghard Narr.

Ihre Mutter Katharina jedoch legte bereits in Alexandras frühkindlichem Kunsterleben den Grundstein für die Literaturbegeisterung, indem sie sie näher an die früheren Kurzgeschichten von Sven und Sieghard heranführte und ihr neue Bücher vorstellte. Aufgrund der Wechselhaftigkeit gegenüber Arbeit und Freischaffendem innerhalb der weit durch Deutschland gestreuten Familie Alexandras und wegen der vielen Umzüge, stieg sie häufig in viele unterschiedliche Arbeitswelten, Ideologien und Philosophien ein, sodass sie sich auch weiterhin in einem ständigen, stoischen Wandel befindet. Derzeit arbeitet sie vollzeitlich und mit Begeisterung für eine Branche, die einen ähnliche charakterliche Entwicklung durchmacht; Alexandra lebt als Suchmaschinenoptimiererin im Online Marketing, fotografiert für und designt Websites. Inspiration für ihre leidromantisierenden Werke und festgehaltenen Gedanken entnimmt sie ihrer Transitionsgeschichte und den diversen Welten ihres Freundeskreises. Aufgrund ihrer dekonstruktivistischen und hermeneutischen Intentionen, welche sie hinter den rekursiv eingedeuteten Motiven auswachsender Pflanzen und formbehandeltem oder brechendem Glas einfasst, welche jene Motive sich im Ausfächern der

Verständnisebenen eines Textes dynamisch verflechten, ist Alexandra auch als ‚Glasvasenpoetin' bekannt.

Poesie & Kurz-Geschichten

Werke der Autorin

Wenn Bäume in Felsen graben

Meine Lebenswurzel in ihren Rätselpfaden gräbt und als Grotte oberflächlich mit grünbraunem Moos vergeht. Die Lust, Lebensatem auszukehren, ihn nicht in den wurzelnen Stollen zu verzehren, sondern die Luft im Grottenherz zu mehren, widerspinst meinem Mienenverstand. Auf felsenem Thron, so dachte ich, müsste ich mir keine Lieben außerhalb der Miene machen, da zusätzliches Gewicht an Halt verlöre und wir uns beim Stollenbau verkrachten.

Nun poltern brüchig die Blätter in ihr Moosbett und unter Tage bebt das Wurzelnetz. Der Stamm schon flau von Moos bewachsen und faulend Holz in den Boden starrt, in dem Rätselfinger verzweifelt um frische Luft schnappen, damit ihr letzter Griff das Rätselbild entscharrt.

Der Wurzeldruck die Stollen sprengt, als knöchernd Streben neue Tunnel stützten; eingeschlossen in schwarzsandigem Wurzeltrümmer greifen die schwachen Finger nach weisend Licht, doch erstickt die Sicht, da das Rätselwerk mich selbst mit Blindheit umschließt.

Ein junger Wurzelarm die stillgelegte Trauermiene streift und das unbelebte Erdnest mit Verwandtschaft bereist. Von meinem Stamme abgekommen, floh das Wurzelleben durch die Luft, zuvor zu viel am Graben und nun verliebt in den Flug. Das Rätseln wird bald atmen, von Astbahnen starten und sich nicht mehr im Wurzelschoß tarnen.

Und das Leben strömt von toter Erde in den Knospenschopf, wo Neugier auf ihre Blüte wartet. Es wird ein freier Tanz, in dem der Atem Leben und freie Finger Rätsel vererbend säen.

Kein Samen mehr müsste sich durch den Erdkadaver larven, ohne jemals in freibuntem Blätterschwingen aufzublühen.

Doch nach ein paar Jahren, als das Knospenmeer sich in einen Wolkenhafen hat verwandelt und just hochangesehene Fliegertalente empfängt, sehnt sich der Blick der Äste ab zum Moosfraktal, unter dessen Fell auch Rätselatem bebt. Denn in der Luft fängt ein Ästlein bloß den Hauch des vom Wind vertragenen Rätselstroms, doch unter Tage spürt es ihn so, dass er über die Erdkraft bis unter die Rinde wärmt.

Das Astverlangen durch die Moosschicht bricht, Stammesschwert am Wurzelgriff kippt und schließlich zwischen den Rätselwelten in einer Drehung durch den Boden schwingt; Blätterfalter ihre Kronen verlieren und mit braunbrechenden Windflossen durch das Moos schwimmen. Ihr Abtauchen sollte bald schon von blinden Lebenswurzeln verschlungen werden, welche sich lose im Erdall verlören und fresssüchtige Triebe der Rätselnacht gebärten.

Unter Tage, ohne Sicht und verschlungen, finden die Wurzeln nicht zurück ans Sonnenlicht. Ihr Hals liegt schon längst verloren in gieriger Moosschicht, die sich von allen Wurzelrätslern wohl am ausdauerndsten in die Erde sticht.

Ich von meinem Holzknochensarg aus nur ahne, wie das Astgebahne sich mit der Welt wieder vernetzt, doch spüre ich immer zu frische Pfade, die sich erblindend und erstickend durch meinen Rätselkokon suchend graben, da ich im Sturz meiner Lebenssäule nie mahnen konnte, welche Gefahren unter tauschimmerndem Moos warten.

Erst wenn toter Stamm kippt und erstarrter Wurzelkrampf das Moos überwächst, verhaken sich Astnachfahren mit den zu Tage geborgenen Erdahnen, um deren Leid zu verstehen;

mit wachsender Kraft stemmen Knospen, schnell zu jungen Bäumen gezogen, die Wurzelkrone zum Himmel auf, schultern ihr Erbe und lassen der Totenstammes Schneide hinab in die

Erde.

Dort verweilt die alte, aufgebäumte Lebenswurzel nun, räkelt im Strom der Ferne, klammert sich in beide Richtungen an Himmel und Schwere, und erfährt in druckloser Abwesenheit anderer Elemente von Sonne und Erdkern. Die letzte Harzträne flieht in den Moostau, durch den auch Rätselatem farbschimmernd verlockend sich windet.

Die erstarrte Gesellschaft

Die gebrochenen Grundbausteine der Natur, mit denen der Mensch seinen Fortschritt untermauert, schmücken einen Pflasterweg; erschaffen für Krieg und (für) Wirtschaft. Über ihn zieht sich eine Körnung aus Hoffnung, Liebe und Vertrauen. Sie füllt die Risse der gewetzten Steine, die unter den Sohlen der Knobelbecher leiden mussten. Sie ebnet den Weg, bis er zu Sand und (zu) Staub zerfällt. Unter jedem Gleichschritt springt das Pflaster und nach jedem Marsch landen die Kopfsteine weiter auseinander.

Der Krieg rollt gewaltsam über den schmalen Weg, um die Bestandteile der Strecke weiter auseinander zu treiben. Seine Stahlketten trümmern den Pfad und prügeln große Rissen.

Die Wirtschaft wird von den Stiefeln wie Schlamm verteilt. Unwissend pressen die Soldaten den matschigen Schmarotzer bei jedem Schritt tiefer zwischen die losen Steine.

Der pechschwarz getretene Wirtschaftsschleim füllt die Fugen und kapselt die Steinköpfe voneinander ab. Völlig regungslos lassen sie es über sich ergehen, denn die verführerische Flüssigkeit schmeichelt ihren Rissen und gibt dem Weg anscheinlich neuen Halt.

Sobald der Schlamm jedoch austrocknet, zeigt sich ein festgetretener Einheitsbrei, der jedem handgemachten Stein seine Form nimmt und ihn fast undurchdringlich festhält.

Erst der neue Stiefeldonner bricht das erhärtete Dreckgemisch auseinander. Die Steine stürzen aus dem Wegrand und reißen wankende Soldaten mit in den Treibsand, der sich zu den Seiten des Pfades auftut. Der Trupp feuert wild auf das zerfallende Chaos, das den Männern den Boden unter den Füßen wegreißt.

Ins Stolpern gekommen, zielen sie wahllos um sich und schießen auf Kameraden. Sie halten sich an qualmenden Panzern fest, deren Ketten sich in den losen Sand fressen.

Erst als der Pfad keinen Halt und kein Ziel mehr hat, richten Reisende die übrig gebliebenen Steine wieder auf, um auf dem neuen Pflaster vor Krieg und (vor) Wirtschaft zu fliehen.

Der Feder Pflug

ühlt es sich nicht bedeutungsvoll an, wenn die Feder sich gänzlich unbedacht über das Papier auszuschwingen beginnt? Ihr zarter Halm, gewendet im Licht, verlangt in Schriftes Furche bald zu ruhen, in den Buchstaben zu wurzeln und in leuchtenden Augen blühend neue Saat zu pflanzen. Um der Augen Schimmer zu entfachen, fächert der Feder Kopf zunächst im Mondschein oder unter der Sonne Gunst. Dabei werfen nervöse Pranken das Federgesicht immer zu ins Licht, bis ein Lächeln oder ein Trauern eine Sichel in die Federfahne frisst. Nach ausgiebigem Tanz vergisst die Miene, welche Stimmung sie gleich hisste. Hinterließ sie ihren Abdruck, wie kein Federfuß ihn sonst vermisste.

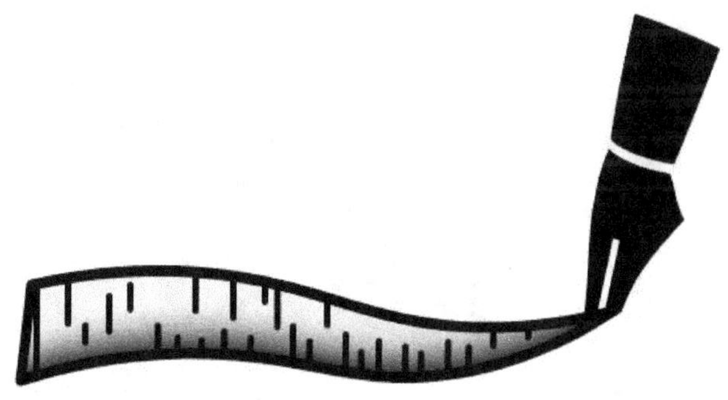

Feste Pranke klammert dem Fahnenschwert nach, mit dem sie sich reich an Gedankenschatz plünderte, weil sie den schmiedenden Schreiberkopf in aufgezwungenes Goldhandwerk verschüchterte. Frei und unberührt im Himmel über der Feder Pflug würde der Kopf sich lieber regnerisch erbieten. In güldenem Schein erwecke er dann den Horizont, um selbst als Wolke der Feder Saat ihre Blüte zu ergießen.

Unter Prankenfurcht aber vergisst sich der Wolkentraum und schweift seine Nebelschwitze an kaltglasigen Augen ab. Des Goldes Licht sickert in Federfurchen ab, um der Worte Tinte ihren Glanz zu verrühren. Doch rechnet es nicht mit Augenschauer, der feuchte Federfurchen in ein Flutennetz verschnürte. Der Worte Schmerz dann wohl in Tintentränen taucht, Augenmurmel wirbelt's auf und versteht sich in fliegenden Tropfen. Wie Pfeile schwärmen diese aus, treffen der Pranken Nerv, sodass sich die furchtmaßenden Fingertänzer mit Schmierschritten auf Tintenflecken verkrampfen.

Des Poeten Heimat

Die große Frage sollte sich im Anblick grenzenloser Ferne, wie sie sich mir oben am Gipfelziel meiner Wanderung offenbarte, aus wolkenklaffendem Himmel stellen. Provokant reißt das weiße Maul sich auf, um meinen Zweifel und all die Aussichten, die ihn nährten, mit unbelebbarer Faszination zu überstrahlen; so viel Heimat mochte ich sehen und durchwandern, doch kann ich sie nicht kultivieren, denn die Sonne sah der Heimat Farbgewand immer schon vor mir. Und weit laufen meine Heimaten mit mir, doch selbst wenn die Sonne schwach an Macht verliert, kann ich sie nicht als Volk vereinen, denn unter dem Regenmund schwimmen sie fortlaufend auseinander.

Wenn jede Heimat nun wohl wild erblüht und ungebändigt mich nach Leidenschaft begleitet, wie nur kann ich als Wanderer mich in ihr niederlassen, wenn jede Rückkehr von unbekanntem Wildbewuchs berichtet. Eine Karte also musste her, auf der ich die Grenzenlosigkeit zwischen den Heimaten einzeichnete, ihre Wesen zunächst chaotisch verfließen lasse, damit ein festgeschlungenes Flussbett den Frieden zwischen ihnen ebnete. Wenn nun die Sonne hinter den Bergen sich kund gibt, sitzen meine Heimaten längst schon lauschend um mich herum. Brüllt der Regenzorn nieder, nährt sich der Fluss stark und bringt schnell der Heimaten Schiffe zurück. Egal aus welchem Winkel ich die Welt mir nun erheimate, weiß sie immer stets, welchen Weg sie zu mir nähme, selbst wenn sein Nabel sich bewegte.

Wenn Zungen an Staub lecken

Verbogene Halme zieren die Totenruhe, die dem versengten Aschegrab inmitten einer saftig grünen Lichtung entspringt, sich über deren Rand von Sonnentrahlen geköpfter Baumreihen hinweg flüchtet und mit dem staubtrüben Himmelsgrau verfängt. Aus der Farbenstille regnen Äste hinab, die wie fortgetragene Arme nach den Sternen zu greifen wagten. Am Stamme noch stützten sie sich stur und mit unberechenbar windendem Blütenauge auf bare Luft, köstlich Schein und wuchsbewährtes Wasser.

Die Elemente flossen aus dem Wald, in fettend Moor und dürrend Sand gereinigt, in das Lichtungswerk, um kreisend-knöchernd Arme dem Himmel vorzustrecken. Sonst peitschen ästliche Finger zwischen rasend Wolkenbruch und Sonnenflug ihren Blütenzauber über den einzunehmenden Lichtungsrand aus, nun aber summen Funken im Nektarkelch und plündern Saat und Gut, das sich stolz in grüner Wiese wollte schönen. Von weit- und tiefer Waldesferne schreit lodernd Brunst durch die Schwärze unter dem zierlich saftigen Laub, pustet sich zum Himmel auf und tauscht ihm Atem zu Odem, während stechend rote Augen des Händlers das astrologische Astgebahne verspotten.

Aufgeregte Sprosse, zu nah der glühenden Wiesenmitte, schlaffen aus, als die älteste Reihe im Lichtungsrand mit ächzendem Knarzen sich dem Rauch entbiegt. Die eingeengte Waldfront sich mit abgeschlagenen Armen geisterhaft greifend zur Lichtung lehnt und dabei versteht, wie Lebensmagie im Mittelpunkt versiegt;

geschichtet haken Äste ineinander, dichten mit Knacken und Brechen ât hommage über den kreativen Sonnenbrand. Ein Schauspiel hinter rotem Vorhang atmet aus, wo Händlerhand mit schwachem Odem wohl nur künstlich klatscht. Seine Bühne zeltet inmitten der Lichtung, sein Pubklikum jedoch geht aus und hinterlässt ein aschestaubiges Polster.

Erst wenn dann das Lagerfeuer in der spitzverengten Iris der Lichtung erlischt, entsteigen dem stummen Feuerwerk kleingrüne Zungen, die als neue und unendlich weit ausgeworfene Lichtung keinen Baum jemals sollten tragen. Ihr purer Farbglanz wird nur mit Wasser doch nicht von Laubschwärze übergossen und bloß die verbrannte Freude wurzelt still im Gräserschoß, der ewig und aufrichtig darauf warten wird, als Zeichengrund für Schattenformen zu inspirieren.

Geisterkopf

Ich dachte so, dass Worte sich im Kopf verrannten.
Es krachte wo, Bilder loh im Wortsturm brannten.
Bildhaft Schimmer schmolz im Blitz,
Das Wort vorm' Thron ergreift den Sitz.
Gewitter wartend Worte schießt,
Bis bildernd Blut in Tränen gießt.

Flaschenschöpfung

In einer Flasche eingefangen strahlen Murmeln bloß in grün-
bitt'rem Licht.
Ihr Schein bleibt zart und verfroren, da Flaschenhals, ver-

klemmt, nicht spricht.

Bloß ein Wind müsst' stoßen, der Falschenbauch zum Würgen
brächte;
Der Murmeln Klang, ihr Farbenspiel sich hell und laut im Staub
verfechte:

Ausgerollt, der Sonne Kraft sich schleicht von Glas zu Murmel,
Ein Mosaik, gebor'n durch Augen Freud' in loh lichternd Ku-
gel,
Malt ein Bild, wie Sterne waren,
Als erster Klang in Scherben kramte.

Steine im Himmel

Steine in den Himmel werfen?
Sie werden wohl nicht Himmel werden,
Sie werden nicht fliegen,
Kein Wolklein wiegen;

Sie werden niemals Atem sein,
zeugn' kein Lied, gebärn' kein Reim,
Doch im Winde summen,
Am Höhepunkt verstummen.

Und dann kehrt die Umkehr ein,
Wie ein Hieb, holt sie heim.
Wollten nur mit Wölkchen schaukeln
Doch stürzen und pauken.

Worauf sollten wir nur gehen,
Wenn ein Stein im Himmel lebe?
Was nur sollten wir ersehnen,
Wenn es keinen Fall mehr gäbe?

Luft darf niemals Schlösser bauen,
Doch Schwarz und Braun wird niemals blauen!

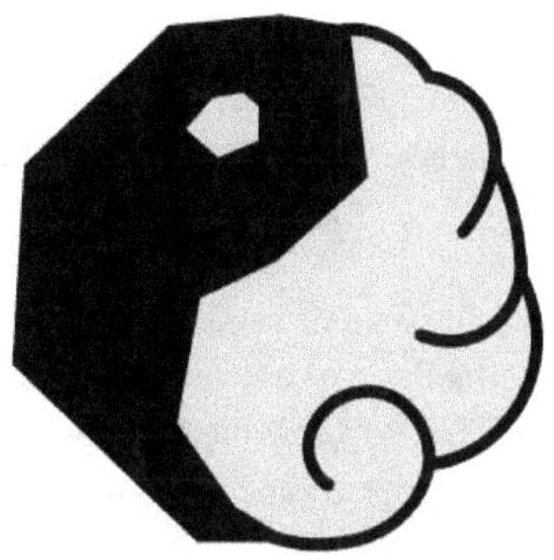

Wenn Ratten im Licht erfrieren

Ein noch so kleines Fenster lüftet Sonne in Wonne statt Schein
hinein,
Sollte es auch für's scheinbarste Zimmerlein sein;
Gleißende Strahlen enttäuschen Tapeten,
Hinter denen Dämonen das Dunkel belebten;

Ihr zahlreich Krallenschaben machte's ungeheuer,
Fegte Knistern durch Köpfe im schwarzen Feuer;
Zündete es sich am Seelengram, und
Trauer und Kälte hielten's warm.

Die Angst vor den Nagern biss sich fest in's Augenlicht,
Errichtete die Schwärze zu einem Käfig, der nun bricht;
Damit sich kein Kopf mehr im Schwarz begrabe,

Stürmt Sonne, die schon Schatten versargte.

Kein Finger traute sich, im Dunkel noch, dem Schein zu nahe,
Der scheinbar vom Fensterschloss zu greifen bahnte;
Denn zuvor erkannten sich Schatten mahnend
Am Beton,

Nun streicheln sie im Licht den bröckelnden Sarg,
Der ihnen eine Bühne ward.
Bloß ein feiner Windstoß brach das Fenster auf
Und mit ihm schwand der Käfig auch.

In ein Zimmerlein,
Welch ein All erschuf,
Zieht ein Stern nun ein.

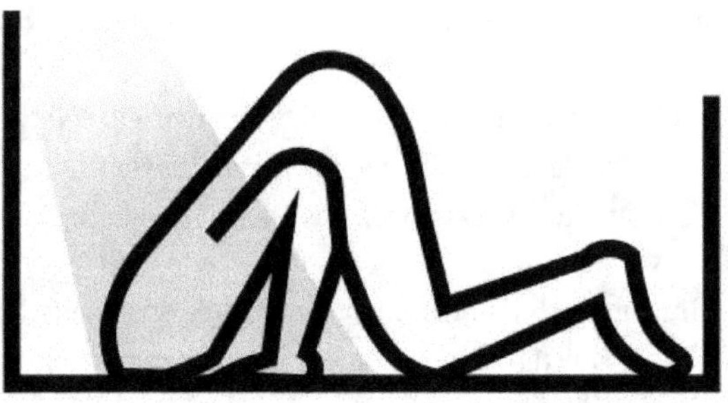

Wenn Hoffnung zum Fall wird

Ein Gedanke fliegt durch Wald wie Wind,
von Freiheit getragen, in Federn erhaben.
Wenn Freiheit schwingt um Baum wie Rind',
der Schwung geladen, die Federn versa(r)gen.

Schleift sich der (Feder)pfeil im Fall an Ästen,
die ihm furchtbar zusetzten,
Das Geschoss, verstummt, ins Laubmeer taucht;
Blätter springen auf und an ihnen perlen rot schimmernd Tränen.

Eine Welle aus knöchernden Wurzeln sich knirschend um den
Korpus schwingt,
Das Federkleid zu blättern beginnt und … (trüb) mit dem Wald-
ozean verschwimmt.
Gedanken immer zu den Wald durchdenken, Bäume umkreisen
und dabei vergessen,
in ihnen zu nisten.

Jeder Gefallene von ihnen sich nun im Morast verpflanzt und,
von vergrübelten Sprossen durchtrieben, aufbäumt;
Immer dichter verwächst der Wald und immer vorsichtiger se-
gelt die Freiheit
auf einer Brise durch hölzerne Gassen.
Schon bald wird sie den Wald nicht mehr verlassen.

Gedanken werden das Fliegen verlernen und von Geburt an ver-
stumpfen.

Von Linsenfraß und Fischerglas

Unter Druck und Anstrengung glaubt man, den Fokus über eine fein filternde Linse erpresst zu lenken, mit ihr verschwommen betrachtete Mysterien aufzuschärfen. Dabei bestimme wohl die größte Linsenfassung oder die tiefblickendste Brennweite, so der Glaube des angestrengten Auges, den fokussierten Nutzen.

Doch ehe man sich im ferngesehenen Detail verguckt, das den Verstand nun oft abweit vom eigentlichen Wege ködert, führt nicht die Linse, sondern ein Fischglas, über den Kopf geworfen, den Fokus schlicht zusammen. Wo ich zuerst als gefangen um meine Sicht bangte, weil unter dem Glashelm Gesichter und Straßen bloß zu Strichen verzerren, verengte sich bald auch mein Denken und band mir eine kleine Welt zusammen; mein

Geistgeblitze entlud sich nicht mehr neben einer Linse oder flog unbemerkt zu losen Details hinfort, sondern brütete miteinander im gläsernen Prismahort. Die Glaswände halten meine Gedankenkraft und -wärme nun so zusammen, dass mein ganzes Leben sich nah um mich zentriert.

Ich nur noch langsam meinen Weg zu beschreiten suchte, da auf dem Kugelspiegel sich Sternenbild gleich grünen Feldern rundherum abmalte. All die Erscheinungen fanden zu mir, bevor ich ihre Bilderfetzen aus der Luft zusammenzureißen bräuchte. Zündete das schnelle Wandern mir keine Lust mehr, wenn meine gläserne Welt mich doch mit dichter Gedankenbrut wärmte. Im Fokusglas mich demnach keine scharf brennende Linse mehr verführte, sondern all das schöne als sehenswertes Gesamtes mich durch den Glasfilm farbenfroh umringte.

Aber hält man sich trotz Gedankenkuppel und Blasensicht nicht nur an das Kurzgedachte, so könnte man schließlich meinen. In der Sicht langt nicht die Weite, sondern die Zeit nach des Verstandes Tugenden und wer sich fokussiert auf sein Gesamtbild wohl besinnt, verliert sich nie in ferngesehenem Detail, doch durchschaut sein Leben weitgedacht in einzigen Sekunden.

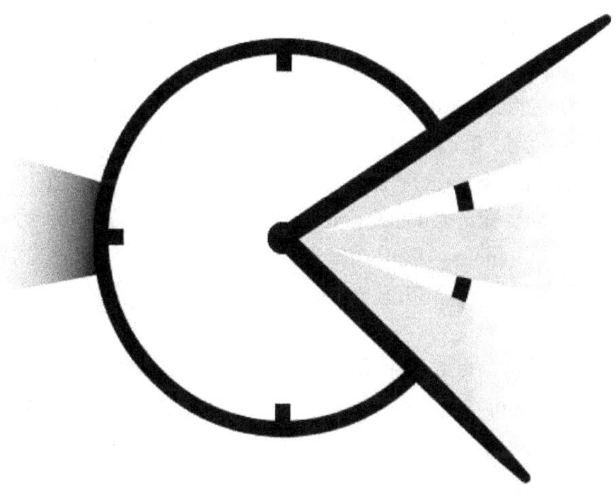

Frieden

issen Sie, mit dem Alter setzt man sich viel zu schnell eine Brille auf, mit der man glaubt, die Weisheiten des Lebens erlesen zu können, doch oft wird man dabei blinder, als man es ersehen könnte. Als junger Mann tat sich mir im Nachthimmel ein Universum auf, dann hängte ich ihn mir als Bild über meinem Horizont und jetzt als Greis? Wenn ich nun in die Nacht starre, bringt mir das Leben eine kleine Andachtskarte mit, auf der sich jeder noch so kleine Stern erkennt. Selbst mit meiner Brille finde ich sie nicht mehr alle, aber ich weiß, wo sie ihren Platz fänden.

In den Nächten meiner Jugend brachen viele neue Sterne in den Himmel ein; Türme mit unzähligen Lichtern schoben sich vor das Firmament und in den großen Städten schmückte sich die Nacht wie Tag. Während dieser Zeit versteckte auch ich mich in solchen Türmen, in der Hoffnung, selbst als Stern zu strahlen.

Doch in der völligen Dunkelheit meines Lebens verlor ich mich in einem All, das mir mit den Jahren immer enger um die Kehle schnürte. In jeder Nacht ertrank ich in einem Ozean aus Tränen, der mich an den Rand des Wahnsinns spülte. Drum setzte ich mir in den Kopf, aus den kleinen Welten, die noch in meinem All schwirrten, Sonnen zu machen; Meinen Sohn zwang ich zum Studieren, meine Tochter sollte sich vermählen und meine Frau beschenkte ich mit Weltreisen.

Je intensiver ich sie zum Strahlen brachte, desto schneller brannten sie aus; mein Sohn zog weg, meine Tochter sprach nicht mehr mit mir und meine Frau lernte einen neuen Mann im Ausland kennen. Sie konnten es wohl nicht ertragen, dass ich versuchte, sie in mein All zu verbannen, damit sie still um mich kreisen.

Damals ward es mir nicht klar, dass es nie die Sonnen sind, die sich um einen drehen, denn ich zog mir meine Brille falsch herum auf. Mit einer Lupe also kroch ich durch mein All und suchte nach immer kleineren Welten. Jedes Mal, wenn ich fand, ihnen sollte eine Sonne entspringen, erkannte ich nur einen dunklen Fleck; ich sah sie einfach nicht mehr, denn in meinen Vorstellungen strahlten sie immer schon viel heller, als sie es jemals würden.

Alles was ich nicht sehen wollte, übermalte ich mit einem blinden Strich, bis sich völlige Dunkelheit bildete. In dieser Zeit sah ich nicht einmal das Nachtleben der Stadt, das mich zuvor mit seinen strahlend lauten Fassaden begrüßte. Selbst mein All verschwand und ich verlor mich in einem kleinen Raum.

Nun sitze ich hier, sehe dieser kleinen Andachtskarte nach, die hin und wieder eine meiner Tränen fing, und strahle. Denn verstehen sie mich nicht falsch. So trostlos mein Leben zu scheinen mag, meine Vergangenheit grenzt um meinen Raum. Mit jedem Jahr schrumpfte mein All, doch zeitgleich wuchs ich.

Jetzt passt gerade so ein kleiner Garten in das Zimmer, in dem ich meine Lieben kultiviere und dafür muss ich keine weiten Strecken mehr auf mich nehmen. In einem kleinen Raum kann ich mir alles so zurechtlegen, dass ich nicht einmal aufstehen muss, um meinen Frieden zu finden.

Die Beobachtungsgabe

Ein wächsernes Gefäß, in dem der Fluss des Lebens still und eingegossen scheint, räkelt mit seinem Docht eine Leine empor, nun dass sich ein Flämmchen aus ihm winden kann. Dort brennt es erst in einer kleinen Schale, die von warmer Zunge geleckt ausgehölt wird. Wenn die Flamme an keiner Leine mehr zu ziehen weiß, bleibt ein von kletternder Zunge verkratzter Krater zurück, in dem das Echo erloschener Brunst noch haucht; im Funkenflug strampelte sich das Flämmchen über den Rand seines Gefäßes, um dann vor lauter Angst um Sturz und Wind, zurückzuweichen und sich ein schützendes Nest zu fressen.

Aufsteigender Rauch flog als Seidenschlingen über seinen Kopf und ließ sich zu seiner Seite hin rot färben. Auf der anderen Seite wischte das Mondlicht sein wächsernes Blau über die anmutig schwebenden Schlingen, sodass ein tanzendes Muster über der Flammenkrone kreiste. An der Kerzenwimper schien ein Auge hochzuwachsen, dem das Seidenspiel sich zu Lidern umschlung. Bevor das Auge wieder als Licht erwachte und sein Blick erlischend in den Krater fiel, sehnte es sich hoch zum ewig leuchtenden Mond, in dem es sein wächsernes Starren erkannte.

Die sterbenden Sorgen

Als ich in den Bahnhofshallen zwischen Menschenmengen und Straßensmog zu aufatmen versuchte, reisten die zurückliegenden fünf Jahre Auslandseinsatz schon in dieser Minute mit dem dichten Dampf des Zuges ab, der mich direkt vor der großen, alles überblickenden Bahnhofsuhr absetzte. Schweren Gepäcks zwängte ich mich, noch ein wenig zögernd, an mal lachenden, mal fluchenden Passanten vorbei, immer die Zeit im Blick, die von den unaufhaltbar paukenden Zeigern ebenso in die anderen aufblickenden Passanten tropfte;

Es schlug sechs und erlöste Blicke flossen von der Stirn zur Kehle des kurzfristig, aber lautstark rastenden Ziffernblattmetronoms. Ich schmunzelte. In all den F Jahren Krieg hatte ich fast vergessen, wie friedvoll sich diese eine Minute auf dem kreisrunden Gemälde zeichnete; wenn der kleine Zeiger eine Auszeit von seinem Pendeln bekam und das Paar erkannte, wie gleich es sich doch ist, obwohl sie weiter nicht auseinander liegen konnten und der große den kleinen Bruder sonst stündlich überholte.

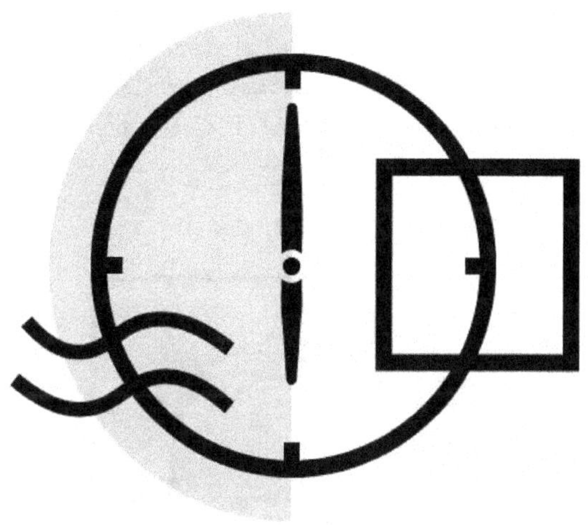

Hast hatte ich selbst keine, denn auch wenn mir von meiner Reise nicht viel geblieben sein mochte, brachte ich alle Zeit der Welt mit, um nun dem beschwerlichsten aller Wege zu folgen: Wenn man sich so lange vor der Heimat versteckt, wie ich es vorsah, wenn man so lange im Krieg isoliert, wie es meine Stiefel mir im Bombenschlamm bequemten, bangt man darum, die Geschehnisse der Heimat mochten einen stündlich überrannt haben.

Vor dem Bahnhofstor wartete ein Chauffeur auf meine leuchtende Uniform, winkte mir mit ausgestreckten Armen zu. Unter all den anderen Soldaten konnte er mich wohl nur anhand meiner Abzeichen erkennen. Er sattelte mein Gepäck auf und fuhr, mich nach meiner Reise und dem Ausland ausfragend, zu den schmalen Straßen meines Familienviertels. Die Gassen waren zu eng für den Dienstwagen. Von dort aus musste ich den restlichen Weg durch die verregneten Gassen laufen, das Gepäck auf einem kleinen Rollbrett gestapelt, welches mir der

Chauffeur verständnisvoll zu Fuße legte. Nach der kurzen unterhaltsamen Fahrt sehnte ich mich fast schon nach seiner klaren Stimme, die zuvor noch in der Limousine schallte. Ihr Hall lenkte mich von dem sorgenvollen Weg ab, den ich nun für mich beschreiten musste.

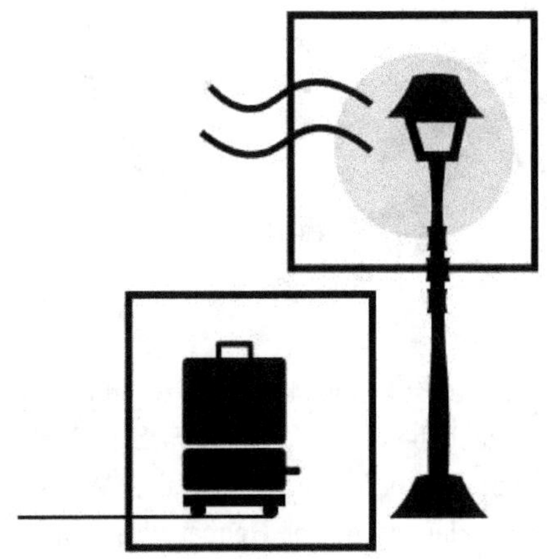

Es ward neun und die Sonne stand tief, sodass die Straßenlaternen zündeten. Geblendet von ihrem Licht, senkte ich den Kopf und schritt zwischen schimmernden Pflastersteinen. Mein Schatten holte mich schnell ein und drang, von der Nacht gejagt, bis zur nächsten Lichtsäule vor. Er verschwand als ich eine neue passierte, in ihren Strahlen tauchte, immer wieder, bis ich endlich die kleine rote Tür meines Elternhauses vor mir fand.

Nach meinem Eintreten stürmte gedämpfte Aufregung die Treppen herunter; meine Mutter fiel mir um den Hals, tränenübergossen zwang sie sich ein zitterndes Lächeln auf. Auch wenn sie ihre Lippen so eng zusammenpresste, dass es ihr unmöglich war, meine Rückkehr zu loben, konnte ich jedes Wort erlesen, das ihr über die angespannten Augen fuhr. Es äußerte sich all die angestaute Liebe, die sich in ihren dicken Tränen versteckte.

Da ich wusste, worauf ich mich vorbereitet hatte und mir die Schwere der nächsten Stunden anhand des Drucks bewusst wurde, mit dem mir meine Mutter das Handgelenk zur Treppe zog, wagte ich die Stufen ins Zimmer meines Vaters. Doch wirklich vorbereiten kann man sich auf diesen Moment wohl nie. Im Krieg hatte ich viele große Männer sterben sehen, viele von Ihnen wandten sich in ihren letzten Minuten an mich, doch diese Begegnung sollte einen schmerzvolleren Abschied nehmen.

Der alte Mann rief nach meiner Mutter und als ich mich statt ihrer mit einem Knarzen auf seinen alten Scheibtischstuhl setzte, drehte er sich mit letzter Mühe zu mir, lächelte mich herzlich an und mit leichtem Zögern bewegte er dann seine Lippen. Erst glaubte ich, nur ein Flüstern zu hören, doch nach einem stotterndem Anlauf, stellte er klar und deutlich und doch etwas zaghaft seine Worte für mich auf, die er wohl so lange vorbereitet hatte.

In dieser einen letzten Minute sprach er; „Sohn, du weißt, ich bin sehr stolz auf dich, doch ich möchte mich nicht an blankem Lob aufhalten. Ich möchte, dass du weißt, dass... auch wenn ich immer durch dein Herz atmen werde, meine Kraft, mein Verstand und meine Weisheit dich segnen sollen...“ Nachdem seine Stimme kurz abbrach, mühte er seine Hand an meine Wange. Ich spürte den schwachen Puls, der durch seine adrigen, blassen Hände kroch, wie er meiner gezeichneten Haut schmeichelte, „Versuche dich nicht in *mich* zu flüchten, ich hatte meine

Zeit und du sollst deine haben. Egal in welcher Uniform du still-
stehst, dein Kampf wird nie vorbei sein. Und ich möchte, dass
du dabei erhobenen Hauptes über das Schlachtfeld ziehst. Solltest du stürzen, möchte ich dir eine Krücke und nicht das Bein
sein, das sich dir in den Weg stellt."

Rosenwehr

Was er schrieb, wurde von einem langen Schatten überworfen; Über den berghaften Handknöcheln flog ein straffer Kerzenschein, der die Düsternis wie einen Odem zwischen seinen Fingern hervor zu pressen schien. Sein Handrücken von gähnendem Licht bewacht, zuckte unter dem heimlichen Tanz schreiblistiger Glieder. Abtrünnig in verschwärztem Papier, sammelten sich kleine Begriffe, die einst gepflanzt, auf ihre schattenüberstrahlende Blüte warteten.

Eine Träne bloß genügte ihnen, um von Schwarz nach Weiß Wurzeln zu spreizen. Ein Augenschein alleine reichte, um der Begriffe Knospenkopf dem graudurchwühlten Beet zu entziehen. Nur hinter feuchter Wange könnte der Dornenhalm seinen Blütenkelch entfalten, um sich dort mit leidgeküsstem Tau zu mengen.

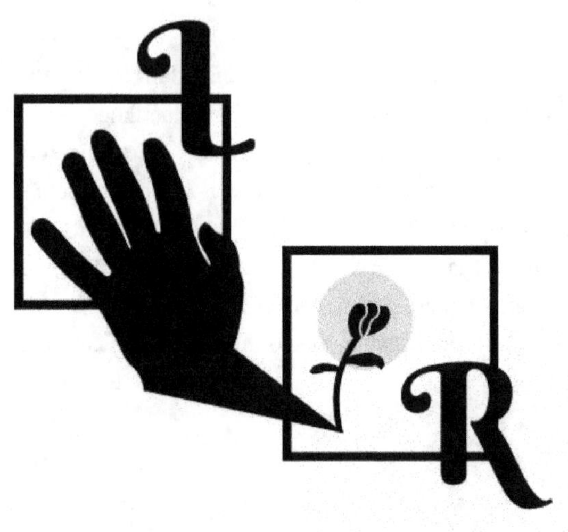

Schöpfungsbericht der schwarzen Schwingen

eine Zunge vermochte sich plötzlich nur von Gourmetbegriffen locken zu lassen. Der Kampf um poetische Finesse brüstete sich um den im Inhalt verkleideten Schatz und verdarb mir zugleich jedes Wort, ungeachtet seiner genussbeschriebenen Reife. Ein Schnabel formte sich mir aus, mit dem ich die oberflächliche Schönheit des Wortes zu häuten und zu verschlingen wusste. Auf einem Bein lernte ich zu stehen, da ich die poetische Welt nicht länger durchschreiten musste; mein süßer Fluss mit seinen Köstlichkeiten führte sich aus der Schmiedekunst verborgener Quellen zusammen, die sich allesamt im Kristallgebirge vom Tau sonnenerwählter Wolkenbilder geküsst formen ließen. Alle Liebschaften flossen mir direkt zu Fuße, doch im verrenkten Augenwinkel züngelte schon der schwarze Brand des Lichts, der von hinterrücks ein dunkles Abbild meiner erhabenen Statur mir vorwarf. Mein buntes Gefieder schien mir in der Spiegelung des Wassers immer trüber und immer blasser zu verschwimmen, bis es als dahinfließende Silhouette seine schwarze Form in den Wellen umarmte.

Die Worte verloren ihren Geschmack, ihre Zärte und ihre Feuchte, sodass sie sich unbegreiflich im vergifteten Speichel des Flusses auflösten. Mit seinem brausenden Flügelpeitschen schwamm der schwarze Flamingo zu Nacht meinen Strom empor. Der Wellen Mondschimmer kleidete sich in den Farben stürmischer Mitternachtswolken und zwischen ihm kräuselte sich ein schwarzer, ächzender Schnabel. Im Wind stand ich verloren und lauschte seinem stummen Rauschen, erblickte die losen Skizzen im Himmel und leckte am Duft verwelkter Blumen. Gefangen in lähmender Einsamkeit verlangte die Vielfalt der

Farbe aus einer meiner Federn zu schlüpfen. Nachdem ich sie
pflückte, erstach ich mit ihr den schwarzen Flamingo, um sein
Blut im Strom zu verwühlen und meiner erweckten Schreiber-
hand eine neue Tintenzunge zu überreichen.

Gedenkbrief für Sieghard Narr

Diese bisher unveröffentlichte Notiz führte ich zum Grab meines Großvaters, nachdem dieser am 11.03.2018 verstarb und ein unschätzbares Kunstvermächtnis hinterließ. Der Weimarer Expressionist und Ölvirtuose Sieghard Narr legte für mein eigenes Kunstlerleben und auch für Schwarzer Flamingo die Grundsteine. Heute werde seine Werke in Galerien quer durch die Welt verteilt, andere hängen in Privatbesitz aus. Als Enkelin möchte ich auf dieses Vermächtnis aufmerksam machen, damit es auf keinen Fall in Vergessenheit gerät.

Die tiefgreifendste Botschaft, die mir mein Großvater mit auf den Weg gab, hat mir erst vor kurzem ein Leitmotiv für mein Weltverständnis gegeben; Leben bedeutet für mich Detail. Ich weiß noch, als ich ungefähr zwölf Jahre alt war, er hat mir versucht zu erklären, wie man die Welt nicht mit den richtigen Augen, aber aus dem richtigen Winkel betrachtet, "Du musst die Augen etwas zusammenkneifen, nur ganz leicht und du wirst die Farben und Töne des Waldes herausnehmen können". Der farbenfrohe Verstand meines Großvaters war für mich nicht nur liebevoll sondern auch lehrend und vor allem verständnisvoll.

Er hatte das gewisse etwas in mir erkannt, die Lider zusammengelegt und etwas in mir gesehen, was er in keinem anderen sehen wollte. Wenn ich zu ihm gefahren bin, dann war das Künstlerurlaub – eine Welt aus genau F0 Jahren, auf den Tag genau, liegen zwischen mir und dem Pinselpoeten. Unser gemeinsames Leben hat sich erst zuletzt zu genau 100 Jahren ergänzt.

Auch ich konnte in seinen schweren Zeiten den kreativen Verstand empfangen, der mich durch seine hellen Augen anrief. Es war immer ein leichtes für ihn, die Stille mit Worten und mit Leben zu füllen. Manchmal reichte ein Blick, eine Grimasse oder ein äußerst direkter Spruch dessen Weisheit zu Entsetzen und doch nicht selten zu Schmunzeln führte. Besonders lebhaft war sein Humor, wie jeder weiß, der den weißgekittelten Wanderer auf seiner Reise begleiten durfte. Vielleicht war es auch gerade seine lockere Art, die ihn hat stark werden lassen. Ich denke, er lebte seinen Humor und brauchte nicht zwangsweise jemanden um sich, um ihn auszuleben.

Jeder kennt das warme Lachen des Herzenkünstlers, das sich trotz seines imposanten Suppenfängers nicht verstecken konnte; sein Bart war jedoch nicht das einzige Markenzeichen, das ich so an ihm schätze.

Seine vielen Berufe formten den Überlebenskünstler zu einem standhaften und doch freien Mann, der vor allem die Kunst des Lebens wahrlich meisterte.

Sein Stein des Glücks wurde schon in frühen Jahren zu meiner Leib- und Leitsymbolik durch die eigenen wilden Gärten meiner Jugend. Sieghards Freunde und Anhänger wussten um seine Idolisierung Goethes und die runde Skulptur passte nicht nur wegen seiner Form zu ihm; die Kugel auf dem Quader war etwas so Simples und Beruhigendes, doch so herausfordernd zu erschaffen – die Kunst, einen künstlichen Körper auf eine noch künstlichere Form zu setzen; dieses Werk in die Natur auszulassen oder die Symbiose aus Abstrakt- und Vertrautheit in ein Bild einzufangen. So etwas zu beherrschen und malerisch in Einklang zu bringen, zeugt nicht nur von Glück, sondern von bärtiger Weisheit! Und auch sein Leben saß einfach und doch stabil auf einem künstlerischen Fundament.

Auch wenn es nicht jeder gleich erkannte und er es selbst oft anders sah und oft auch anders kundtat, er liebte sein Leben und die Einfachheit der Dinge. Sieghard hat etwas erkannt und gelebt, was wir fast alle verlernt haben und wozu wir uns alle nicht trauen würden.

Aber wer weiß, vielleicht begegnet uns auch sein Glück und seine Weisheit, wenn wir die Augen leicht zusammenkneifen und uns das Schmalkaldener Schlossgespenst in der Ferne angrinst.

www.ingramcontent.com/pod-product-compliance
Lightning Source LLC
LaVergne TN
LVHW052209200726
843508LV00016B/2078